Hans-Manfred Milde

Sommersingen

BoD – Books on Demand, Norderstedt

Titelfoto: Hans-Otto Holzapfel

Zeichnungen: hamami

Herstellung und Verlag

BoD – Books on Demand, Norderstedt

ISBN 978-3741294297

1. Auflage 2016

Hans-Manfred Milde

Erzählungen

aus

Schlesien

Sommersingen

Vorwort.

Nu ja, nu nee, woas woar doas fier eene scheene Zeit, doamals. Doa warn mer haalt noch jung. Asu richtig jung, meen ich. Kinder sein merr gewaast[1], glieckliche, weil mir woarn haalt derrheeme[2].

Asu ies es nu eenmoal eim Laaba[3]: Derrheeme ies haalt derrheeme!

Kaum wühlen die Gedanken in den Verstecken der Vergangenheit herum, versucht unsere Zunge die Schwingungen des heimatlichen Dialekts wiederzuerlangen. Große Mühe muss sie sich geben, den richtigen Ton zu treffen, den Niederschlesischen. Wenn auch das Sprechen schwer fällt, vergessen soll er aber nicht werden, unser schlesischer Dialekt. Natürlich sprachen die Breslauer „Lergen" etwas anders als die

---

[1] sind wir gewesen
[2] daheim
[3] Leben

Glatzer „Natzla". Die Riesengebirgler anders als die Glogauer, die Görlitzer als die Namslauer.

„Wenn du so pauerst,[4] wirst du nie lernen, richtig Deutsch zu sprechen", hat mich meine Deutschlehrerin in Freiburg/Schlesien damals ermahnt – und heute wünschte ich mir, ich könnte noch immer so „pauern", so reden wie damals, halt wie derrheeme.

Wenn 70 Jahre nach der Vertreibung ein Schlesier sagt: „Heem, heem, suste nischt ock heem!"[5] – will er keine geografischen Veränderungen herbeiführen.

Aber Gefühle, die tief wurzeln, lassen sich nicht vertreiben. Wie sich jeder ältere Mensch gern an die Zeit, die er mit seiner Mutter erlebte, zurückerinnert, genau so ist es mit der Sehnsucht nach dem Land, aus dem seine Vorfahren ihre Kraft bezogen, gefühlvolle Menschen zu werden. Schlesier eben.

---

[4] reden wie ein Bauer
[5] Heim, heim, sonst nichts als heim!

Inhaltsverzeichnis

Sommersingen. 9
Oma Anna jagt einen Mörder. 21
„Es brennt!" 53
Erinnerungen an meinen Großvater. 72
Die Taube. 94
Oma Anna und der Fremde. 98
Der Gockel. 129
Traum. 134
Die schöne Grafentochter auf der Bolkoburg. 137
Oponkel. 146
Die Geschichte vom armen Hans. 163
Die Treibjagd. 175
Das Gespenst auf der Zeisburg. 191
Der alte Schmied. 207
So zogen sie hinaus. 211
Heimkehr. 223

Sommersingen.

Auch wenn uns Kindern damals das Lateinische noch ein Buch mit sieben Siegeln war, das Wort Lätare konnten wir übersetzen. Das hieß bei uns einfach: Sommersingen. Es war zwar noch kein richtiger Sommer, aber den wollten wir ja mit unseren Liedern herbeisingen. Zwei Wochen vor Ostern war die Wärme in Schlesien oft schon gut zu spüren. Lag Ostern gar spät im Kalender, konnten wir sogar barbs[6] zum Sommersingen gehen.

Mit meinem Lieblingslied soll die Geschichte beginnen.

„Rot Gewand, rot Gewand,
schöne grüne Linden,
suchen wir, suchen wir,
wo wir etwas finden,
geh'n wir in den grünen Wald

---

[6] barfuß

sing'n die Vögel jung und alt,
Frau Wirtin sind sie drinne,
wir hören ihre Stimme.
Sind sie drin dann komm sie raus,
teilen uns den Sommer aus.
Lasst uns nicht zu lange stiehn
woll'n noch een Häusla weitergiehn."

Wir gingen immer zu dritt.

Meine Schwester Ilse, ihre Freundin Gerda, die im Nachbarhaus wohnte, und ich. Wer in größeren Gruppen von Haus zu Haus zog, musste die Gaben mit allen, die dabei waren, teilen. So blieb pro Nase manchmal nur ein einziges Bonbon, oder besser gesagt pro Mund. Wenn die Leute uns nicht mehr gaben, war das kein Geiz; in den Straßen, in denen wir sangen, lebten nun einmal keine Reichen. Weiter unten im Dorf, wo die wohlhabenden Bauern ihre großen Höfe hatten, konnten wir uns nicht sehen lassen. Nach einem ungeschriebenen Gesetz durften im Unterdorf nur die Kinder singen, die dort wohnten. Wir wollten ja mit denen keinen Ärger haben.

Ärger gab es schon genug bei uns.

„Dei folsches Gesinge macht ins oalles kaputt", meckerte die Gerda jedes Mal über mich.

„Wenn de asu folsch singa tuust, do denka ja die Leute, mir wulln se veräppeln!"

Gerda wäre lieber allein mit meiner Schwester losgezogen, aber unsere Muttel hatte bestimmt, dass Ilse mich mitnimmt und auf mich aufpasst.

„Der trift ja keenen eenzigen richtiga Ton nich. Die Leute kennta ja denka, mir hätta een kleenes Kitschla[7] derbei", zischte Gerda, noch bevor ich überhaupt meinen Mund aufgemacht hatte.

„Und du greelst!"[8], gab ich ihr zurück; schließlich wollte ich mir von einem Mädel nichts gefallen lassen, auch wenn Gerda schon zwei Köpfe größer war, als ich. Ich wusste ja selber, dass mein Gesang keine Freude machte. Unsere Nachbarin hatte einmal zu meiner Muttel gesagt:

---

[7] kleines Kätzchen

[8] grölst

„Wissa se, ihr Hans der singt a ganza lieba Tag; oaber er konn goar nich singa nich – oaber ar singt und singt!"

Auch über meinen Stecken empörte sich Gerda.

Wer zum Sommersingen ging, trug einen etwa meterlangen Stecken in der Hand, meist von einem Haselnussstrauch abgeschnitten. Vom oberen Ende hingen bunte Bänder herab, das waren Streifen aus farbigem Papier. Wer es besonders schönmachen wollte, faltete noch eine Papierblume und brachte sie oben am Stecken an.

„Deine Bändel sein ja noch vum letzta Joahr. Die sein ja schun ganz ausgebleecht",[9] räsonierte Gerda. "Doas macht uff die Leute keenen gutten Eindruck nich."

Gerda fand immer etwas an mir auszusetzen. Um dem Ärger mit ihr zu entgehen, bin ich auch mal allein losgezogen. Den Text der langen Lieder konnte ich mir nicht merken, deshalb habe ich nur kurze Strophen gesungen. Nun ja, eigentlich mehr gesprochen.

---

[9] ausgebleicht

„Summer, Summer, Summer,
ich bin een kleener Pummer,
ich bin een kleener Keenich,[10]
gabt mer nich zu wenich;
lußt mich nich zu lange stiehn,
muss noch a Häusla weitergiehn."

Weil es aber Sitte war, beim Sommersingen in kleinen Gruppen aufzutreten, blickten mich Einzelgänger manche Leute argwöhnisch an. Sie konnten ja nicht wissen, dass die Gerda mich nicht dabeihaben wollte.

„Kummst wohl alleene, weil de nich teilen willst. Willst oalles blußig alleene eisacken.[11] Nee, nee, asu gieht doas nich, doas Summersinga."

Und schwupps, schon war die Tür vor meiner Nase zu. Da wusste ich mich aber zu wehren! Ganz laut habe ich dann gegrölt:

---

[10] König

[11] allein einstecken

„Hiehnermist und Taubamist,

ei dam Hause kriegt ma nischt,

is doas nich 'ne Schande

ei dam ganza Lande!"

Oder gar:

„Geizhoals, Geizhoals,

friß ock olls, friß ock olls!

Wenn de wirscht gesturba sein,

warn de Krooha[12] tichtig schrein -

Geizhoals, Geizhoals!"

Dann hieß es aber weglaufen, so schnell die kleinen Beine nur tragen konnten.

Einmal hatte Ilse neben der Gerda noch zwei Mädchen aus unserer Straße dabei. Die konnten zwar gut singen, dafür mussten die Geschenke aber durch fünf geteilt werde. Das gefiel mir, ehrlich gesagt, nicht so gut. Außerdem sangen sie unendlich lange Lieder, besonders vor den Türen jener Familien, von denen bekannt war, dass sie jeden Sonntag in die Kirche gingen.

---

[12] Krähen

„Wir hoan der Wirtin a Summer gebrucht,

doas hoat der liebe Gott beducht;

a Summer und a Mai, schee Bliemlein[13] vielerlei.

Schee Bliemlein vuller Zweigelein,

der liebe Gott wird bei euch sein,

er wird ooch bei euch wohnen.

Durt uba[14] ei der Herrlichkeit,

doa is der Wirtin a Stuhl bereit.

Durt uba soll se sitzen,

sull woartn uff Jesum Christen."

Beim nächsten Haus dann:

„Die goldne Schnur geht um das Haus,

die schöne Frau Wirtin geht ein und aus,

sie ist wie eine Tugend.

Wenn sie morgen früh aufsteht

und in die liebe Kirche geht,

da setzt sie sich an ihren Ort

---

[13] Blümchen

[14] oben

und hört gar fleißig Gottes Wort."

Besonders beliebt waren auch folgende Verse:

„Rute Riesla[15], rute Riesla, wachsa uff'm Stengel,
der Herr is schien, der Herr is schien,
die Frau is wie a Engel.
Der Herr, der hoot ne huhe Mütze,
der hoot se vuul Dukoata[16] sitze,
a werd sich wull bedenka
und werd uns wull woas schenka."

Die Reihe der Lieder zum Sommersingen ist unendlich lang und auch von Gegend zu Gegend verschieden.

„Wir treten in ein schönes Haus.
das Unglück wolln wir jagen raus,
den Segen wolln wir bringen,

---

[15] Rote Röslein
[16] voll Dukaten

darum wir fleißig singen:
Den Herren und den Frauen,
die lieblich anzuschauen.
Ein schönes Paar tritt jetzt hervor.
so schön kam uns kein anderes vor.
Dort oben auf dem Trone,
da sing'n die Englein schone.
Die Englein singen allzugleich
dem lieben Gott im Himmelreich."

Bei alleinstehenden älteren Damen sangen wir:

„Frau Kunze hat gar spitze Schuh
sie eilt wohl auf die Kirche zu.
In die Kirche geht sie beten,
in den Himmel wird sie treten.
Bescheer ihr Gott, bescheer ihr Gott,
dass sie Glück und Segen hoat."

„Die Frau, die hoot a ruta Rook,[17]

---

[17] hat einen roten Rock

die greift wull ei a Eeertoop,[18]

sie werd sich wull bedenka,

und uns a Eela[19] schenka."

In unserer Straße lebte auch ein alter Witwer. Ihm sangen wir jedes Jahr das gleiche Lied:

„Derr Herr, der hat`n hohen Hutt,

dem sein ja alle Madel gutt.

A wird sich wohl bedenka,

zum Summer uns was schenka."

Die Lieder, in denen der Tod vorkam, haben wir nicht gesungen. Da hätten wir ja selber dabei naatschen[20] müssen.

---

[18] Eiertopf

[19] Ei

[20] weinen

Heute, wenn ich so darüber nachdenke - weit weg von „derrheeme"[21], weit weg von der „Kinderzeit" - wird mir recht warm ums Herz, wenn Lätare im Kalender steht.

***

---

[21] daheim

Oma Anna jagt einen Mörder.

Oma Anna stöhnte laut auf.
Was sie soeben gehört hatte, ließ sie erbleichen.
„Nee, Jungele, doas gloob ich nich. Doas konns doch goar nich geben nich. Ei inserem kleenen Durfe[22]? Nee, weeßte, man kennt ja reen glooben, die Welt wird immer verrieckter. Sodom und Gomorra, und doas hier bei ins ei Popelwitz. Doas wird noch biese[23] enden."
Ihr Enkelsohn, der siebenjährige Felix, drückte, am ganzen Körper zitternd, seinen Kopf in die weiten Röcke der Oma. Ein heftiges Kribbeln lief ihm über den Rücken. Wen wundert es? Wenn die lebenserfahrene Oma von einem bösen Ende sprach, musste dann der kleine Felix nicht erschauern?
In der Hilflosigkeit des Augenblicks begann Oma Anna aufzuzählen, was in den letzten Tagen in Popelwitz an ungewöhnlichen Dingen geschehen war:

---

[22] Dorf
[23] böse

„Do gibts eim ganza Durfe blußig zwee Autos, und die zwee stußen zusamm. Man möcht nich glooben, doass doas mit rechta Dinga zugeganga ies. Und ooch die nächtlichen Krawalle ei der Scheune vum Wermut-Bauern; woas doas bluß ies? Und jetze kummst du mit dem Zettel. Ich weeß nich, ich weeß nich."

Aber, ich will die Geschichte der Reihe nach erzählen, sonst verdreht sich der Kopf und alles wird noch verrückter, als es schon ist.

Es begann an einem Freitagabend.

In Popelwitz – (den richtigen Namen des Dorfes will ich verschweigen, damit sich die Leute nicht schämen müssen, wenn ihre Geschichte später in der Zeitung steht) – in Popelwitz war es Sitte, am Freitag die Kinder zu baden. So war es nichts Ungewöhnliches, wenn an diesen Abenden kaum jemand auf der Dorfstraße zu sehen war.

Heute war es aber anders.

Der kleine Felix war noch unterwegs. Er hatte sich verspätet. Unten am Dorfweiher hatte er gesessen, wo eine Wildente sieben kleine Entlein ausbrütete, was aber nur er wusste. Das Nest lag gut versteckt unter tiefhängenden Ästen einer alten Weide. Felix wollte, wenn er groß ist, Tierforscher werden und Filme drehen. Den Titel wusste er schon: „Das Leben der Tiere". Deshalb legte er sich jetzt schon überall auf die Lauer, wenn er glaubte, etwas erforschen zu können.

An diesem Freitag waren die ersten Entenküken ausgeschlüpft, da gab es viel zu sehen. Felix musste sich sputen, seine Verspätung betrug schon über eine Viertelstunde. Auf dem Heimweg, mitten auf dem Dorfplatz – geschah aber das Unheimliche.

Obwohl er so schnell rannte, wie er nur konnte, hatte er den Zettel entdeckt.

Irgendjemand musste ihn an den vorderen Holzbalken des Glockenturms geheftet haben. Der Glockenturm gehörte zu keiner Kirche. Nein, so groß war Popelwitz nicht, dass es hier eine Kirche gegeben hätte. Auf dem Dorfplatz von Popelwitz stand, aus kräftigen Holzbalken erbaut, ein Turm, in dem hoch oben die Feuerglocke hing. Sollte einmal ein Feuer ausbrechen, würde der, der das Feuer zuerst bemerkt, hierherlaufen und kräftig am Seil ziehen. Die Jungen im Dorf hat es oft kräftig in den Fingern gejuckt. Zu gern hätten sie aus Schabernack am Seil gezogen, aber keiner hatte das bisher gewagt.

Als Felix den Zettel sah, der in Höhe seiner ausgestreckten Hand am vorderen Holzbalken hing, erwachte seine Neugier. Obwohl er es eilig hatte, hielt er inne.

„Vielleicht hoat doas woas mit den kleenen Entla zu tun?", überlegte er, stellte sich auf die Zehenspitzen und angelte den Zettel herunter. Als er las, was da geschrieben stand ... erschrak er.

Seine Hand zitterte. Er las erneut. Seine Augen wurden immer größer. Natürlich konnte er lesen, er ging schließlich schon in die zweite Klasse. Zur Sicherheit las er noch einmal. Und noch einmal. Die Buchstaben begannen vor seinen Augen zu tanzen, so krakelig waren sie geschrieben. Aber Felix las immer die gleichen Worte:

Im Dorf ist ein Mörder! Seid vorsichtig!

Felix wusste nicht, was er tun sollte. Wäre nicht jetzt die beste Möglichkeit, kräftig am Glockenseil zu ziehen? Wenn ein Mörder im Dorf ist, ist das nicht genau so schlimm wie Feuer? Sollte er die Glocke läuten? Musste er jetzt nicht die Glocke läuten?

Er könnte ja auch so tun, als habe er den Zettel gar nicht gesehen. Den Zettel einfach wieder an den Nagel hängen und heimgehen. Es war sowieso schon viel zu spät. Mutter würde schimpfen.

Felix überlegte.

Würde er den Zettel wieder hinhängen und so tun, als habe er ihn gar nicht gesehen, er könnte sicher die ganze Nacht nicht schlafen. Bestimmt nicht! Vielleicht schlich der Mörder schon um sein Elternhaus? Oder um das Haus der Oma?

Wen würde ein Mörder wohl zuerst ermorden: Kleine Kinder? Oder alte Leute? Oma Anna womöglich? Der Gedanke an Oma Anna war wie ein Blitz. Oh ja! Zu ihr wollte er den Zettel bringen. Oma Anna wusste immer einen guten Rat. Außerdem würde Mutters Schimpfen nicht so stark ausfallen, wenn er wahrheitsgemäß sagen könnte:

„Es tutt mer leid, Muttel, doass ich asu spät heem kumm. Aber ich woar bei der Oma."

Nachdem ihm diese Ausrede eingefallen war, wurde ihm leichter ums Herz.

"Oma ... eim Durfe ies een Mörder!"

Oma Anna bekreuzigte sich.

"Lieber Gott! Junge. Woas redste denn?"

Felix zog den zerknitterten Zettel aus der Hosentasche. Er hatte ihn tief hineingesteckt, um ihn beim schnellen Laufen nicht zu verlieren. Oma Anna suchte ihre Brille.

"Wer hoat denn den Zettel dir gegaan?[24]"

Oma Annas Hände zitterten, obwohl sie noch gar nichts gelesen hatte.

"Uffm[25] Dorfplatz ... am Glockenturm ...", stammelte Felix.

---

[24] gegeben

[25] auf dem

Oma Anna las. Für Felix dauerte das alles viel zu lange. Deshalb fragte er:

"Meenste, ich hätt glei die Glocke läuten sulln?"

Weil Oma Anna immer noch las, fügte er hinzu:

"Een Mörder, doas ies doch genau su schlimm wie Feuer!"

Noch einmal rückte Oma Anna ihre Brille zurecht und las, jedes Wort einzeln betonend, laut vor:

"Im Dorf ist ein Mörder. Seid vorsichtig".

Wieder schlug sie das Kreuz. Dann kamen die Worte, die wir schon kennen:

"Ich hoabs ja glei gesoat! Es werd noch biese enden!"

"Oma? Hast du Angst?"

Felix sprach ganz leise.

"Wer vor Mördern **keene** Angst nich hoat, der ist keen Mensch nich", antworte Oma Anna und zog ihren Enkel fest in ihren Schoß.

"Ich muss aber heem. Es ies schun spät. Is Boadewoasser wird kalt …"

Oma Anna trat ans Fenster und lüftete vorsichtig den Vorhang. Sie blickte hinaus auf die Straße.

"Nee, Jungele, es ies schun dunkel. Du kannst jetzt nich mehr naus."

"Ich muss aber heem. Heute ies doch Freitag."

"Ja, ich weeß schun. Euer Badetag. Ich weeß."

Oma Anna wog den Zettel in der Hand, als wiege sie einen geheimnisvollen Mondstein. Dann hob sie den Kopf, atmete tief und verkündete:

"Alleene giehste nich!"

Oma Anna war eine resolute Frau. Mit einer Hand fasste sie ihren Enkel, mit der anderen ihren Regenschirm. Den großen Schlüssel ihrer Haustür drehte sie zweimal um und steckte ihn zusammen mit dem Zettel tief in ihre Schürzentasche. Ihren Enkelsohn fest an der Hand, steuerte sie mit großen Schritten auf das Haus zu, in dem ihr Sohn Walter wohnte. Den Regenschirm hielt sie wie eine Lanze nach vorn gerichtet.

Die Haustür des Hauses, in dem ihr Sohn Walter mit seiner Familie lebte, war unverschlossen. Mehr noch. Die Tür war nicht einmal richtig zu. Durch einen breiten

Spalt konnten Oma und Felix in den hell erleuchteten Flur blicken.

Oma Anna war entsetzt.

" Doas derf doch nich wahr sein! Doa stieht die Tür uff."

Zuerst rief sie nach ihrem Sohn: "Walter!"

Dann nach der Schwiegertochter: "Edeltraud!"

Weil beide keine Antwort gaben, rief sie die Namen der Kinder.

"Sibylle! - Udo! - Heinz!"

Fast hätte sie auch noch "Felix!" gerufen, bemerkte aber rechtzeitig, dass sie ihren Enkel Felix an der Hand hielt. Alle Rufe blieben ohne Antwort. Oma Anna entsetzte sich.

"Doa ies een Mörder eim Durfe und hier stieht die Haustür uff!"

Im gleichen Moment ertönte aus der Tiefe des Hauses ein furchtbarer Schrei. Kinderstimmen überschlugen sich. Schrien in den höchsten Tönen.

Wie von einer Tarantel gestochen stürzte Oma Anna ins Haus, riss Türen auf, schlug sie wieder zu - bis sie entdeckte, woher die Schreie kamen. Aus dem Badezimmer. Die Zwillinge Udo und Heinz saßen in der

Badewanne. Am lautesten schrie Udo. Ihm war Seife in die Augen gekommen. Heinz schrie, weil Udo schrie.

"Wo ies die Mama?"

Omas Frage wurde mit noch lauteren Schreien beantwortet.

"Ich gloob, die ies Eier hulln", gab Felix als Antwort.

"Jetzt, um die Zeit?"

"Muttel sagt immer: Wenn ich am Abend geh, dann weeß ich mit Bestimmtheit, dass die Eier frisch sein."

*

Damit sie auch wirklich frisch gelegte Eier bekam, ging Edeltraud Trautwein tatsächlich jeden zweiten Abend zum Elsnerbauern. Sie folgte ihm sogar bis in den Hühnerstall oder in die Scheune, wo die Nester lagen, um zu sehen, ob die Eier wirklich direkt aus dem Nest kämen.

"Siehste, doass se frisch sein?", fragte jedes Mal der Elsnerbauer und griff ihr dabei mit seiner großen Hand ins Genick, was Edeltraud immer einen gewaltigen Schauer über den Rücken laufen ließ. Das gefiel ihr immer so sehr, schon auf dem Heimweg freute sie sich auf den nächsten Eierkauf.

*

Als sie aber an diesem Tag heimkam, wich die rote Farbe aus ihrem Gesicht und wandelte sich in eine schneeweiße Blässe. Oma Anna stand wie ein Zerberus in der offenen Haustür, die Regenschirmspitze wie ein Schwert nach vorn haltend.

"Sodom und Gomorrha! Woas ies doas für een Haus?!"

Oma Anna schrie lauter als die in der Badewanne sitzenden Zwillinge.

"Die Kinder sein alleene! Die Haustür stieht angelweit uff - und een Mörder leeft durchs Durf!"

"Oma..." stammelte Edeltraud, kam aber nicht weiter.

"Wo ies der Walter? Wo ies die Sibylle? Und wo treibst du dich rim?"

"Aber Oma...", weiter kam Edeltraud auch diesmal nicht.

"Seid ihr oalle verrückt? Oder woas?"

"Wo ies der Felix?", wagte jetzt die Mutter zu fragen.

"Um den musste dich nich kümmern. Um Felix hoab ich mich gekimmert, sonst wäre der ... vielleicht ... der wäre vielleicht schon tuut."[26]

"Tuut? - Woas redst denn du da? Oma! Ies dir nich gutt?"

Edeltraud atmete schwer. Vorhin das Erlebnis beim Eierholen, und jetzt hier die schreiende Oma. Oma muss verrückt geworden sein, anders konnte sie sich das Verhalten ihrer Schwiegermutter nicht erklären.

"Trödel nich so rum! Kumm' endlich rei. Hörste nich, wie die Kinder schrein?"

Zu Felix sagte Oma Anna mit knallharter Befehlsstimme:

"Schließ' die Haustür zu!"

Sie selbst lief durchs ganze Haus um nachzuprüfen, ob alle Fenster verschlossen, die Vorhänge zugezogen sind.

Dann ging sie ins Bad und half, die Kinder abzutrocknen und in ihre weichgespülten Schlafanzüge zu stecken. Auf der Wohnzimmercouch wurden Udo und Heinz in eine großkarierte Decke gehüllt. Dann befahl

---

[26] tot

Oma Anna der Schwiegertochter, und mühte sich dabei nach der Schrift zu reden:

"Setz dich in den Sessel!"

Edeltraud gehorchte. Oma Anna stand wie ein Feldwebel vor der Kompanie. Und so redete sie auch.

"Wo ies Sybille?"

"Beim Robert. Ihrem Freund."

"Wo ies der Walter?"

Edeltraud zuckte mit der Schulter.

"Dacht ich mir's doch! Ei der Familie stimmt goar nichts mehr. Doas wird noch böse enden."

Omas Lieblingssatz durfte in dieser verwirrten Situation nicht fehlen. Mit einer theatralischen Geste zog sie den schon recht zerknitterten Zettel aus der Schürzentasche und las mit erhobener Stimme:

"Im Dorf ist ein Mörder! Seid vorsichtig."

Edeltraud wurde ganz still. Sogar die Zwillinge schwiegen, als hätten sie den Sinn dieser Worte verstanden. Oma Anna forderte Felix auf zu erzählen. Der Junge berichtete der Mutter vom Dorfplatz, vom

Glockenturm, vom Zettel - verschwieg aber, dass er zum Zeitpunkt des Zettelfundes seine abendliche Ausgehzeit schon um eine gute Viertelstunde überschritten hatte.

Während Felix alles genau berichtete, funkelten Oma Annas Augen wie Meteoriten, die über den Nachthimmel huschen.

"Ei eure Familie muss wieder Ordnung kummen. Dafür werd ich sorgen. Verlasst euch druff!"

Plötzlich klopfte es an der Tür.

Alle erschraken. Aus dem Klopfen wurde ein Donnern. Das waren keine Fingerknöchel, die anklopften, das musste eine geballte Faust sein, die gegen die Tür schlug. Weder Oma Anna, noch Mutter Edeltraud, noch Felix wagten zu atmen. Die Zwillinge drängten sich an ihren großen Bruder.

Das Klopfen an der Haustür verstummte wieder. War der Mörder weitergegangen? Hinüber zum Nachbarhaus?

Plötzlich vibrierte die Fensterscheibe.

"Uffmachen!", schrie es von draußen. "Uffmachen!"

Es war Vaters Stimme. Alle erkannten sie. Trotzdem fragte Oma Anna:

"Bist du es, Walter?"

"Wer denn sunst?"

Obwohl Oma Anna die Stimme ihres Sohnes klar erkannt hatte, griff sie zum Regenschirm, bevor sie die Haustür öffnete. Walter atmete heftig. Ehe er aber lospoltern konnte, dirigierte Oma Anna ihren Sohn ins Wohnzimmer, platzierte ihn in den zweiten Sessel, zog wieder den Zettel aus der Schürzentasche und las mit ihrer erregten Stimme:

"Im Dorf ist ein Mörder! Seid vorsichtig."

Der Vater wollte lachen, lachte auch schon ein bisschen, brach aber schnell wieder ab.

"Woher haste denn den bleeden[27] Zettel?"

Felix musste jetzt die ganze Geschichte noch einmal erzählen.

"Ich will na selber lesen", verlangte der Vater.

---

[27] blöden

Omas Hand zitterte, als sie ihrem Sohn das schon recht zerknitterte Papier überreichte. Der las einmal, las zweimal. Dann erbleichte auch er.

"Wo ies die Sibylle?"

Alle antworteten wie aus einem Mund: "Beim Robert!"

"Wir müssen sie holen."

Oma Anna übernahm wieder das Kommando.

"Edeltraud, du bleibst hier bei den Kindern. Felix geht mit seinem Vater. Felix kann laut schreien, wenn's gefährlich wird. Und nehmt den großen Spazierstock mit!"

Widerrede duldete Oma Anna nicht.

"Zuerscht bringt ihr mich heem. Dann holt ihr Sybille. Und haltet mir das Haus geschlossen! Ooch am Tage! - Und bleibt bei euren Kindern!"

Was Oma Anna befahl, wurde gemacht.

Das Haus wurde von außen fest verschlossen, der Schlüssel wanderte tief in die Hosentasche neben den Zettel. Vater Walter hielt den knorrigen Spazierstock in der einen, seinen Sohn Felix an der anderen Hand. So erreichten sie ungefährdet Omas Haus.

"Oma, sulln mer mit eis Haus kumm? Alles durchsuchen?"

"Quatsch!"

Sohn und Enkelsohn warteten bis Oma Anna von innen den Schlüssel zweimal umgedreht hatte. Dann gingen sie über die dunkle Dorfstraße zum Haus der Familie Schneller, denn Sybille war mit Robert Schneller befreundet.

Bei Schneller stand die Haustür weit offen, wie es bei jeder Familie in Popelwitz üblich war.

Frau Schneller wunderte sich sehr darüber, dass Herr Trautwein kam, seine Tochter abzuholen. So etwas hatte es noch nie gegeben.

Als ihr aber der Zettel laut vorgelesen wurde,, legte Frau Schneller ihre Hände schützend über ihren Bauch, in dem ihr ungeborenes Kind heftige Fußtritte austeilte.

Vater und Sohn nahmen die widerspenstige Sibylle in die Mitte und brachten sie heim. Robert, der beste

Sportler im Dorf, wurde losgeschickt, allen Bewohnern des Dorfes Bescheid zu geben.

Von diesem Abend an blieben alle Haustüren in Popelwitz fest verschlossen.

*

Mutter Edeltraud konnte in dieser Nacht lange nicht schlafen. Ihre Gedanken schlugen Purzelbäume. Gab es wirklich einen Mörder im Dorf?

Oder ist der Zettel geschrieben worden, um Angst zu verbreiten? Sollte vielleicht ihr Angst gemacht werden, weil sie jeden zweiten Abend zum Elsnerbauer ging? Hatte sie jemand heimlich beobachtet und ... und falsche Schlüsse gezogen? Hatte vielleicht Walter den Zettel geschrieben? Eine Frage reihte sich an die andere.

"Oaber der Walter ies doch ooch jeden zweeten Abend unterwegs. Wo der wohl hingieht?

*

Vater Walter schlief ebenfalls nicht.

Ein Mörder im Dorf! War das ein Scherz? Oder eine versteckte Drohung, weil er jeden zweiten Abend zu Wermuts in die Scheune ging, wo die Männer heimlich

Poker spielten? Manchmal auch andere verbotene Glücksspiele. Am Biertisch haben einige schon gemunkelt, es herrsche eine große Unsitte in Popelwitz. Doch dann hakte sich ein Verdacht fest:

„Doas woar bestimmt eene vun den Weibern, die den Zettel geschriebn hat, um ins Männer heem zu treiben."

*

Sibylle weinte ganz leise in ihrem Bett.

Nicht einen einzigen Kuss hatte sie heute bekommen. Und ihr Robert küsste doch so gut. Ein Mörder im Dorf? So ein Quatsch! Den Zettel hat sicher der Engelbrecht geschrieben. Der will, dass ich nicht mehr zum Robert gehen darf. - Oder war es der Christoph? Die sind doch beide scharf auf mich.

In Sibylles Tränen mischte sich ein verstohlenes, aber auch stolzes Lächeln.

*

Am nächsten Morgen ging der Zettel durchs ganze Dorf. Von Hand zu Hand. Er wurde gedreht und gewendet, gegen das Licht gehalten, auf Schriftart und

Schriftdruck geprüft, die Knitterfalten glattgestrichen, alles ohne Ergebnis.

"Ich gloob, es ies besser, mir rufen die Polizei", riet Oma Anna.

Walter Trautwein dachte ans heimliche Pokerspiel und war sofort dagegen.

„Een Fremder ies nicht eim Durfe umeinander geloofen, doas wär eenem vun uns uffgefalln. Den Zettel muss also eener ausem Durfe geschrieben ham."

Sie diskutierten lange herum.

Dann glaubte Oma Anna eine Lösung gefunden zu haben.

"Ich gieh ei jedes Haus und frag, wer doas geschrieben hoat. Eene Kinderschrift ies es nich, und mit Erwachsenen muss ma reden kennen!"

Ihr Sohn war der Erste, der widersprach.

"Keener werd su eenen Bleedsinn eingestehn. Dir schun gar nich."

Oma Anna strafte ihren Sohn mit einem bösen Blick.

"Ich weeß schun, woas ich mach. Ich häng mir doas gruuße Kruzifix um a Hals und schwöre oallen meine Verschwiegenheit."

"Wie der Forrer[28] beim Beichtgeheimnis."

"Spotte nich!", ereiferte sich Oma Anna.

"Wenn du uns hingerha[29] nich sagen willst, wer's geschrieba hoat ......"

"Wart nur ab. Ich gieh ei a Abendstunden, da sein alle derrheeme[30] - die Männer, und die Frauen ooch. Mer honns ja schun gesahn; der Zettel hoat ja eim Durfe schun viel verändert. Zum Gutten!"

Felix war entsetzt.

"Aber Oma. Wenn's finster ies, do ies es ja besonders gefährlich! Der Mörder ... "

"Papperlapapp. Een Mörder hoat nischts davon, eene aale Frau zu ermorden. Und doas weeßte ja ooch, lange hoab ich ja sowieso nich mehr zu leben."

---

[28] Pfarrer

[29] hinterher

[30] daheim

"Oma! Du versündigst dich", riefen Walter und Edeltraud wie aus einem Mund.

"Wer sich ei letzter Zeit versündigt hoat, doas bleibt noch abzuwarten."

Oma Annas Augen funkelten wie die Augen eines Luchses, wenn er auf die Jagd geht.

"Ich werd dich begleiten", schlug Walter vor, erhielt aber sofort eine Zurechtweisung.

"Am Abend bleibste bei deiner Familie, wie sichs gehört."

Zu Edeltraud gewandt sagte sie scharf:

"Und du hulst deine Eier am Tage. Da sein se frischer als am Abend. Hühner legen nämlich meistens am Vormittag."

Oma Annas funkelnde Augen hüpften spöttisch zwischen ihrem Sohn und der Schwiegertochter hin und her.

"Kümmert euch mehr um die Kinder. Spielt mit ihnen. Mensch ärgere dich nicht oder Stadt, Land, Fluss oder was weeß ich. Die Kinder missen nicht immer am Abend vor der Glotze hockn, nur, weil ihr eim Durfe herumschwadroniert. Und die Sibylle soll mehr lernen, für die Schule. Und sull sich überlegen, woas sie mal werden will!"

Mit dem Handballen glätte Oma Anna den schon recht zerknitterten Zettel und legte ihn in ein vorbereitetes Schreibheft. Auf den Umschlag hatte sie in großen Buchstaben geschrieben:

GEHEIM!

*

In der nächsten Nacht brüteten Vater Walter und Mutter Edeltraud und Tochter Sibylle den gleichen Gedanken aus: ‚Den Zettel hoat bestimmt die Oma selber geschriebn. Die will uns blußig heem treiben'.

*

Oma Anna brauchte nicht lange, um alle Familien im Dorf zu befragen. Alle waren nach Einbruch der Dunkelheit in ihren Häusern. Es waren ruhige Abende im Dorf. Kein Mopedgeknatter. Keine dröhnende Musik aus Kassettenrecordern. Kein Pokerspiel. Kein abendlicher Eierkauf mehr.

Bald konnte Oma Anna verkünden:

"Jetzt hoab ich alle durch!"

"Na und?" –

"Und woas hoaste rausgekriegt?" –

"Wer woars?"

"Von denen, die ich gefragt hab, war's keener."

"Hoaste nicht alle befragt?"

"Den Wegner Emil noch nich. Der war nich derrheeme. Der ies doch Lokführer bei der Bahn und kummt erscht am Wochenende wieder heem."

Ratlosigkeit wuchs wie Sporenpilze. Da startete Edeltraud den Gegenangriff. Sie konnte sich nicht mehr zurückhalten und mühte sich, korrekt nach der Schrift zu reden.

"Oma - und wer befragt dich?"

"Mich?"

"Ja, dich!", sekundierte Walter.

Und Sibylle fiel in den Chor ein:

"Es kann doch sein, du hast den Zettel geschrieben."

"Ja, seid ihr alle plemplem? Warum sullte ich eenen sulchen Zettel schreiba?"

Es war ein Bild für die Götter. Vater und Mutter, Sibylle und die Zwillinge vereinigte ein warmes Lächeln. Felix mühte sich mitzuhalten, ihn überfiel aber Mitleid mit der Oma. Oma Anna war ertappt. Es gab gar keinen Mörder. Eigentlich schade, weil alles so spannend gewesen war.

"Mutter -" diesmal sagte Walter Mutter, statt wie sonst Oma.

"Mutter. Ich kenn' doch deine pädagogische Art. Du wolltest uns nur... "

"Damit wir mehr zuhause sind... ", rief die Schwiegertochter dazwischen.

"Und bei mir wegen der Schule", fügte Sibylle hinzu.

In Oma Annas Gesicht begann es zu brodeln. Sie empörte sich.

"Quatsch mit Soße! Was labert[31] ihr für eenen Unsinn! Ich hoab den Zettel nich geschriebn nich, und ich würde sulch eenen Zettel ooch nich schreiben, obwohl seine Wirkung ja werklich nich schlecht ies."

---

[31] redet

Einen Augenblick sah es aus, als sei Omas Stolz gebrochen. Aber nur einen kleinen Augenblick. Dann griff sie nach dem großen Kruzifix, welches sie zum Schutz gegen den Mörder am Hals trug, hob es vor ihr Gesicht und sagte mit schwerer Stimme:

"Ich schwöre: Ich hab' diesen Zettel nicht geschrieben."

Nach diesen Worten brachen alle aufgestellten Theorien zusammen. Man konnte es richtig krachen hören. Omas Schwur musste man glauben. Diesen Zettel hätten alle ihr zugetraut, einen Meineid unter dem Kruzifix nicht.

Nun herrschte eisiges Schweigen.

Felix wickelte sich und die Zwillinge in die großkarierte Wolldecke. Mutter und Vater saßen mutlos, aber gemeinsam in einem Sessel und hielten sich umarmt. Sibylle lehnte am kalten Fernsehapparat.

"Merr wissa also goarnischts", stöhnte Edeltraud.

"Nun ja, nu nee ... nich ganz."

Oma Anna dehnte die einsilbigen Worte wie einen endlos langen Satz. Ihr rechter Mundwinkel hob sich dabei nach oben. Als alle das sahen, schreckten sie hoch, als hätten sie den elektrisch geladenen Weidezaun hinter dem Haus berührt. Sibylle, die sich danach sehnte, abends wieder zu Robert gehen zu dürfen, sprach als erste.

"Und woas weeßte, Oma?"

Oma Anna zögerte.

"Ich hoab eich doch schun gesoat, eenen hoab ich noch nich befragt. Den Wegner Emil. Die Wegnerin gloobt, sie hoat seine Schrift erkannt. Der Zettel miesste aus seinem Notizblock ausgerissa sein, meent se."

„Der Emil ist een ernsthafter Mensch. Der treibt keenen Schabernack nich. Der macht su woas nich."

„Warten wirsch ab, bis er heem kommt."

„Wann kummt er denn zuriecke?"

„Die Wegnerin meent, am Sunnoabend kummt ar heem, oder am Sunntig. Asu genau weeß man ja nie, wann die Männer heem kummen."

*

Es wurde eine qualvolle, aber eine ruhige Woche im Dorf. Die Familien blieben in ihren Häusern, die Eltern spielten mit ihren Kindern – das Leben in Popelwitz hatte sich verändert.

Doch schon am Sonntag klärte sich alles auf.
Die Sonne brach hervor und lachte über Popelwitz.
Als Emil Wegner, nach langem Schlaf gegen Mittag aus dem Bett stieg und vor die Haustür trat, war die Straße vor seinem Haus voller Menschen. Alle Bewohner von Popelwitz, also fünfundsiebzig, warteten auf ihn.

Emils Frau hatte ihm noch in der Nacht erzählt, was in Popelwitz geschehen ist und natürlich sofort gefragt, ob **er** den Zettel geschrieben habe. Sie kannte seine Antwort und hatte deshalb gut geschlafen.

Nun standen sie beide, der Wegner Emil und seine Frau, vor der Haustür und betrachteten mit lächelnden Gesichtern die Menge.

Oma Anna drängte sich nach vorn, hielt in einer Hand den Regenschirm, in der anderen Hand den Zettel.

"Hurch amol, Emil. Ich muss dich was fragen."

Nun begann Emil Wegner laut zu lachen. Das, was sich da vor seinem Haus abspielte, war an Komik nicht zu überbieten. Er lachte und lachte, dass ihm sogar Tränen aus den Augen liefen. Die Leute auf der Straße hätten am liebsten mitgelacht, doch bevor einer es wagte, dem hochgeachteten Lokomotivführer beizustehen, rief eine Stimme aus der Menge:

"Hoast du den Zettel geschrieben, Emil?"

Da wurde es plötzlich mucksmäuschenstill. Alle starrten auf Emils Mund.

"Natürlich hab· ich den Zettel geschrieben."

"Und? - Wo ies der Mörder?"

Wieder bog sich Emil Wegner vor Lachen. Empört über dieses Verhalten hielt ihm Oma Anna den dubiosen Zettel dicht unter die Nase.

Der Wegner Emil nahm ihn, hielt ihn vor seine Augen, mal näher, mal weiter weg. Dann wischte er sich seine Lachtränen aus dem Gesicht.

"Der Zettel ies ja schun ganz schön zerknittert. Aber ich denk, wenn eener genau hinguckt und ooch richtig lesen kann, dann sieht ersch, woas ich geschrieben hab. Uff dem Zettel stieht geschrieben:

Im Dorf ist ein Marder! Seid vorsichtig.“

Alle Bewohner von Popelwitz sahen sich verlegen an.

„Nu hurchts amol genau zu", sagte Emil Wegner mit lauter Stimme, damit ihn alle gut verstehen konnten. „Am letzta Freitig worsch. Es ies ja noch mitten ei der Nacht, wenn ich zum Dienst fahr. Een Lokfiehrer konn haalt nich asu lange schloofen wie ihr. Da hoab ich gesaahn, wie mittig uffm Durfplatz een Marder umeinander huscht. Da hoab ich geducht, ich schreib een Zettel ..."

Oma Anna trat einen Schritt nach vorn und bestand darauf, sie könne richtig lesen.

"Woas laberste da für Quarkkliesla. Das ist keen **a**. Das ist ein **o**!“

Emil Wegner nahm den Zettel nochmals in genauen Augenschein.

„Ach weeßte, Anna, loass ock gutt sein. Ei der Nocht wern die Buchstaben nich so genau nich. Und guck amol, die Knitterfalten."

Oma Anna ließ sich nicht beirren.

"Und die zwee schwoarzen Punkte über dem o?"

"Zwee schwoarze Punkte?" -

Emil Wegner kratzte mit dem Daumennagel über das Papier.

„Fliegenschiss! Doas ies nischts andersch als Fliegenschiss!"

Was Emil Wegner dann noch sagte, ging im stürmischen Gelächter der Dorfbewohner unter.

So ging Oma Annas Weissagung doch nicht in Erfüllung. Alles ging gut aus. Nur Felix schämte sich. Er hatte den Zettel gelesen, bevor er zerknittert wurde. Vor Verlegenheit popelte er in seiner Nase …

… und deshalb habe ich das Dorf Popelwitz genannt.

***

„Es brennt!"

Viele Kindheitserinnerungen gehen im Laufe eines langen Lebens verloren. An die Aufregungen, die jeder Feueralarm in unserem kleinen Dorf auslöste, kann ich mich aber noch immer gut erinnern.

Wer heutzutage ein Feuer bemerkt, greift zum Handy und wählt die Nummer 112. Schon wenige Minuten später brausen die roten Feuerwehrautos mit lautem „Tatü-ta-ta" zum Brandherd. Sie bringen nicht nur viele lange Schläuche und andere Gerätschaften, die zur Brandbekämpfung notwendig sind, mit, sie haben meistens auch gleich einen großen Tank dabei, vollgefüllt mit Löschwasser. Schöne Gegenwart. Damals war das, besonders in den kleinen Dörfern, ganz anders. Von einem Feueralarm, an den ich mich besonders gut erinnere, will ich hier erzählen.

Es war an einem späten Sommertag.
Die Glockenklänge, die den Abendsegen weit übers Land getragen hatten, waren schon verklungen. Auch das

Muhen der Kühe war verstummt. Eine wunderbare Ruhe lag über allem. Kein Lied hätte zu dieser Stunde besser gepasst als: *Abendstille überall* ...

Doch an diesem Tag störte ein lauter Schrei den abendlichen Frieden.

„**Feuer!**"

Der alte Kunzel, der seinen Bauernhof schon an seinen Sohn übergegeben hatte, saß, wie fast an jedem Abend, auf der kleinen Holzbank vor seinem Austragshäuschen, das neben dem Feuerwehrhaus stand. Seine von harter Arbeit schwielig gewordenen Hände lagen ruhig in seinem Schoß, im linken Mundwinkel hing seine kalt gewordene Tabakpfeife. Wohin seine Gedanken enteilt waren, konnte niemand aus seinen faltigen Gesichtszügen lesen. Eher könnte man glauben, der alte Mann sei, wie er so saß, zu einer Statue erstarrt.

Als der Altbauer aber hörte, wie jemand schrie: „Feier![32] Ies brennt! Ies brennt!", sprang er mit einer Behändigkeit auf, die ihm keiner mehr zugetraut hätte.

---

[32] Feuer!

So schnell es seine von der Gicht schon arg geplagten Beine erlaubten, lief er hinüber zum Spritzenhaus, wie das Feuerwehrdepot auch gemeinhin genannt wurde. Mit schnellem Griff angelte er die Handsirene vom Haken, legte sich den Lederriemen, der an diesem Blechkasten befestigt war, über die Schulter und rannte hinaus auf die Dorfstraße.

Dort blieb er kurz stehen und überlegte, ob er zuerst ins Unterdorf laufen solle, oder doch lieber ins Oberdorf. Da muss ihm wohl eingefallen sein, dass in der Blücherstraße besonders viele Feuerwehrmänner wohnten, deren Arbeit in der Fabrik um diese Zeit schon vorüber war.

So lief er zuerst zur Adlerbrücke und bog dort in die, von einer langen Häuserreihe gesäumte Blücherstraße ein. Und während er lief, drehte er die Kurbel an der Sirene. Je schneller er drehte, umso lauter und furchterregender klangen die Heultöne. Das war auch nötig. Sie sollten ja auch diejenigen aufwecken, die schon ein erstes Nickerchen auf dem Kanapee machten.

Und während der alte Kunzel unermüdlich die Kurbel drehte, rief er auch noch, so laut er nur konnte:

„Feier! Feier! Ies brennt! Ies brennt!"

Blieb ihm mal die Puste weg, verharrte er kurz. Dann prasselten aus den geöffneten Fenstern immer die gleiche Frage auf ihn ein:

„Wu brennt's denn?"

Erst nachdem er mehrfach kräftig ein- und ausgeatmet und seine freie Hand auf sein pochendes Herz gedrückt hatte, gab er allen die gleiche Antwort:

„Nu ja, nu nee ... ich weeß es nich ... aber ich gloob ... ich gloob ... eim Underdurfe mechts brenna."[33]

Sobald wir Jungens die Sirene hörten, waren wir sofort auf der Straße. Unsere Fragen an den alten Kunzel-Bauern lauteten aber:

„Derrf ich ooch amoal die Kurbel drahn?"

„Nee, iich!"

„Ich ooch!"

„Lusst[34] mich amol!"

---

[33] ich glaube, im Unterdorf mag es brennen

[34] lasst

So sehr dem alten Mann das Laufen auch zusetzte, seine Sirene gab er selten her. Die Menschen vor Feuer zu warnen, war für ihn, der, (wie schon gesagt), neben dem Feuerwehrhaus wohnte, so etwas wie eine hoheitliche Aufgabe. Die verteidigte er mit so vielen Worten, wie er sonst am ganzen langen lieben Tag nicht redete.

„Nee, nee, Kinder. Doas ies eene verantwortungsvulle Sache, doas derr hier. Doas ies nischte nischts fier kleene Kinder."

Erst wenn er mal ganz außer Atem war - auf der Blücherstraße ging es ständig bergan - überließ er manchmal einem der Älteren unter uns seine ‚Heulsuse', wie er den Blechkasten liebevoll nannte. Mir wurde diese Gnade leider nie gewährt.

„Guck derr doch amol deine dünna Ärmla oa,[35] die sein viel zu schwach zum Kurbeln", wurde mir vorgehalten. „Wenn de nämlich zu langsam kurbeln tuust, mecht sichs wie een Katzengeschrei oanhörn und nich wie een richtiger Feieralarm."

---

[35] dünnen Ärmchen an

Nun gut, so war es nun einmal.

So lief ich erst gar nicht erst hinter dem Kunzel-Bauern her, sondern blieb gleich vor unserer Haustür stehen, denn ich wusste, in wenigen Minuten würde ein anderes, recht lustiges Schauspiel beginnen. Obwohl ich es schon oft gesehen hatte, war es für mich immer wieder faszinierend.

Unser Nachbar, der Schödel Ernst, war einer der eifrigsten Feuerwehrmänner. Er hatte sogar eine besonders wichtige Funktion. Bislang hatte unsere Dorffeuerwehr nur eine hölzerne Löschpumpe besessen. Bei ihr mussten vier Männer - zwei rechts, zwei links - die Pumpenstangen kräftig auf und ab bewegen. Je schneller sie pumpten, umso weiter oder höher ging der Wasserstrahl. Wurden die Männer müde, schrie der Kommandant aufgeregt:

„Schneller pumpen!", oder auch gleich: „Ablösung an die Pumpe!"

Seit diesem Sommer besaß unsere Feuerwehr aber eine Motorpumpe. Der Kommandant hatte den Schödel

Ernst als Maschinisten eingeteilt, weil der ein Motorrad besaß und deshalb etwas von Motoren verstand. Bei den ersten Übungen soll ihm allerdings mehrfach der Motor abgesoffen sein, weil er immer zu viel Gas gegeben hat. Das habe ihm großen Spott von den anderen Feuerwehrmännern eingebracht.

„Wie der Herr, su ooch doas Gescherr", sollen sie gespottet haben, was ich damals noch nicht verstehen konnte. Dass der Schödel Ernst gern ein Bier über den Durst trank, (so nannte das meine Muttel immer), das wusste ich. Wenn er betrunken heimkam und die Treppen heraufstolperte, rief seine Frau, die Selma, stets:

„Nu satters, do kummt mei vuller Ernst die Treppe ruff!"[36]

Bevor aber jemand über unseren Nachbarn lacht, will ich hier noch einmal extra hervorheben: Der Schödel Ernst war einer der Eifrigsten und Pflichttreusten, wenn es ums Helfen ging.

---

[36] Nun seht ihr es, da kommt mein voller Ernst die Treppe rauf

An dem Tag, von dem ich hier erzähle, war unser Nachbar, kaum hatte ihn der Sirenenton aus seinem Nickerchen geweckt, aufgesprungen. Mit seiner kräftigen Stimme rief er seiner Frau kurze, aber bestimmende Befehle zu. Dann rannte er los. Unter der Haustür blieb er kurz stehen und zog die Schäfte seiner Lederstiefel hoch. Nun ging es erst richtig los. Während er die Blücherstraße hinunterlief und dabei sein Hemd zuknöpfte, trabte seine Frau, die Selma, immer neben ihm her. Auf ihrem linken Arm balancierte sie die Feuerwehrjacke, jederzeit bereit, sie ihrem Ernst zu übergeben. Über ihrer rechten Schulter hing der breite Ledergurt mit der kleinen Axt. Den blankgeputzten Helm trug sie in der rechten Hand.

„Nu loof ock nie asu schnell", stöhnte die Selma, noch bevor sie die Adlerbrücke erreicht hatten.

„Hierstes nie[37], es brennt!", gab ihr der Ernst jedesmal zur Antwort. Während er seinen Hosengurt um einige Löcher enger zog, rief er:

„Jacke!"

---

[37] Hörst du es nicht

Ohne stehenzubleiben hielt ihm Selma die Uniformjacke so hin, wie man vornehmen Herren in den Mantel hilft. Doch im Laufen ist es schwer, gleich die Ärmellöcher zu finden. So ruderte der Schödel Ernst mit seinen Armen, als wolle er das Schwimmen lernen. Endlich fanden seine Arme die richtigen Löcher. Als endlich der letzte Knopf geschlossen war, hatten sie die Adlerbrücke erreicht.

„Ledergurt!"

Der breite Lederriemen, an dem mehrere Karabinerhaken befestigt waren und ein, von einem Lederbezug geschütztes Beil hing, schnallte sich der Ernst im Laufen um die Hüfte. Zum Feuerwehrhaus war es nun nicht mehr weit.

Der letzte Befehl hieß: „Helm!"

Erst als dieser aufgesetzt und unterm Kinn festgeschnallt war, blieb Selma schwer atmend stehen. Voller Stolz blickte sie ihrem davoneilenden Mann hinterher.

Nun soll aber keiner denken, diese fast zirkusreife Nummer wurde nur vom Schödel Ernst und seiner Frau vorgeführt. Weit gefehlt. Auch aus anderen Häusern kamen Männer gerannt, denen die Frauen Uniformteile nachtrugen. Wie die Selma ihrem Ernst, so halfen auch diese, ihren Männern beim Anziehen, alles nebenher rennend. Das ergab oft lustige Bilder. Einmal hat das ganze Dorf gelacht. Da hatte eine Frau, (ihren Namen will ich nicht nennen, obwohl ich ihn noch genau weiß), vergessen, die Hose ihres Mannes mitzunehmen. Als der am Spritzenhaus ankam, trug er zwar seinen Helm, seine Feuerwehrjacke mit Ledergurt und seine Lederschuhe. Seine lange weiße Unterhose passte aber so gar nicht zu dieser Uniform.

Dieses Mal passte aber alles zusammen.

Inzwischen war hinter den Häusern und Scheunen schon eine gewaltige, pechschwarze Rauchwolke weithin sichtbar.

Vor dem Feuerwehrdepot herrschte helle Aufregung. Wilde Rufe schallten durcheinander.

„Beim Wiesner brennts!"

„Doas misste die aale Scheune sein, wu derr Rauch uffsteigen tut!"

„Wenns blußig nich der Stoall ies, wuus brennt!"

„Hoat seine Kuh nich gestern erscht gekalbt?"

Erst als der Kommandant mit lauter Stimme befahl:

„Weiber und Kinder zurücktreten! Feuerwehrmänner angetreten!", kehrte etwas Ordnung ein.

Weil ich mich weder zu den Weibern, noch zu den Kindern rechnete, blieb ich nahe am Schödel Ernst. Ich wollte endlich einmal sehen, wie das aussieht, wenn ein Motor absäuft. Meine Neugier wurde aber auf eine harte Probe gestellt.

Vier Männer hoben das Holzgestell an, auf dem die Motorpumpe festgeschraubt war. Das neue Prunkstück musste sehr schwer sein, denn die Männer bliesen kräftig ihre Backen auf. Der Maschinist, (wie der Schödel Ernst jetzt nur noch genannt wurde), lief neben her. Seine Hand lag fürsorglich auf dem nagelneuen Ungetüm, wie ein Vater beim Spaziergang seinem Kind die Hand beschützend auf den Kopf legt.

Endlich erreichten sie den Brandort.

Weil mein Blick unentwegt dem Motor und seinem Maschinisten gegolten hatte, nahm ich erst jetzt wahr, was und wo es brannte. Weder die alte Scheune, noch der Stall, wurden ein Raub der Flammen. Weit draußen auf der Wiese, in gebührlichem Abstand zu den Gebäuden, war altes Stroh aufgeschichtet, aus dem ein paar Holzstangen herausragten.

„Ies blußig eene Übung", hörte ich die Männer einander zurufen.

„Do hoatt der Wiesner wohl sei aales Stroh luus wern wulln."[38]

„Und mir sein grade gutt genug, ihm eenen Gefallen zu tun."

„Doas wern se wull oabgesprochen ham, der Wiesner und inser Kommandant; die sein doch verschwägert miteinander."

Während die Männer so untereinander redeten, war es dem Maschinisten gelungen, den Motor auf Anhieb zu starten. Wie eine Nähmaschine tuckerte der Zweitakter

---

[38] sein altes Stroh loswerden wollen

vor sich hin. Sobald der Maschinist aber einen bestimmten Hebel betätigte, wurde das Schnurren lauter, und die eine oder andere schwarze Wolke kam aus dem Auspuff. Einige Männer begannen zu klatschen, doch der Befehl: „Schläuche anschließen!" erinnerte sie an das, was jetzt zu tun war. Zum Glück war der Ententeich nicht weit weg, und bald hieß es:

„Wasser marsch!"

Je lauter der Maschinist den Motor brummen ließ, umso kräftiger wurde der Strahl. Zwei Männern hatten große Mühe, die Spritze festzuhalten.

Zu meinem Erstaunen richteten die Männer den Wasserstrahl aber nicht auf das Feuer, sondern auf die benachbarte Scheune, obwohl diese gar nicht brannte.

„Warum spritzt ihr nich durt hie wo's brennt?", wagte ich zu fragen.

„Ooch, weeßte Junge, der Wiesner ies froh, wenn's aale Stroh verbrennt, doamit ar genug Ploatz hoat, fiers neie."[39]

„Aber die Scheune tutt doch goar nich brenna nich!"

---

[39] damit er genug Platz hat fürs neue.

„Nu ja, nu nee, ies kennt ja sein, ies kummt een bisserla een Wind uff ..."

„... und deshalb missa mir die Scheune schitza, doamit se nich durch Funkaflug ooch noch Feier fängt. Verstiehste?"

Während die beiden, die die Spritze auf die alte Scheune richteten, mir viele Erklärungen gaben, zog ein anderes Ereignis meine Aufmerksamkeit auf sich.

Der alte Spritzenwagen war endlich auch angekommen und einsatzbereit zwischen Teich und Brandherd aufgestellt. So sehr die Männer sich auch abmühten, die Pumpenhebel schnell auf und ab zu bewegen, es kam nur ein schwacher Wasserstrahl hervor. Dem Kommandanten schien das auszureichen.

„Den Brandherd absichern, Wasser marsch!", befahl er mit lauter Stimme und fügte leiser hinzu: „Passt mer gutt uff, doas nich die Wiese oanfängt zu brenna."

Warum das alte Stroh verbrennen soll, die Wiese aber nicht, interessierte mich nicht. Mir ging ein anderer Gedanke durch den Kopf.

‚Wenn ich gruuß bin, mecht ich een Kommandant sein. Oalles, was ar befiehlt, werd sofort gemacht.'

So brannte das alte Stroh bis zum letzten Halm ab, der Scheune und dem Stall konnten die lodernden Flammen nichts anhaben. Die neue Motorspritze hatte ihren Dienst bestens erfüllt, wie auch der Maschinist. Zum Schluss rollten die Feuerwehrmänner die Schläuche ein, um sie später im Feuerwehrturm zum Trocknen aufzuhängen.

„Poasst uff", rief der Schödel Ernst den Männern zu, die seinen Motor wieder zurück ins Depot trugen. „Der ies noch verflucht heeß."

Er selbst schien sich aber vor der Hitze nicht zu fürchten. Liebevoll putzte er, im Nebenherlaufen, mit einem Wolllappen die Ölflecken weg.

Alles in allem wäre es also eine gelungene Übung gewesen – wäre in diesem Moment nicht der alte Kunzel laut schimpfend mit seiner Sirene zurückgekommen.

„Sulch een elender Krippel!", wiederholte er immer wieder. „Ma mechts nich glooben nich, doass eener asu bleede[40] sein konn."

Natürlich wurde er sofort befragt, was ihn so verärgert habe, doch vor lauter Schnauben und Knurren kam dem Alten kein verständliches Wort über seine Lippen. Erst als der Kommandant ihn befragte: „Kunzel-Bauer, woas ies luus?", nahm der alte Kunzel stramme Haltung an, als sei er noch bei den Soldaten, und erzählte seinen Ärger.

„Gleich wie ich na gehiert hoab, den Schrei: ‚Feier!', eener hoat geschrien. ‚Feier!, … und doas nich nur eenmal; immer wieder hoat ars geschrien. Do hoab ich mir die Sirene gehullt und bin luus gerennt. Zuerscht uff der Blicherstraße, weil durte die meisten … nu ja, nu nee … durte giehts haalt immer bergauf … do hoa ich … weil ja, Herr Kommandant, sie wern mer Recht geem … een jungs Bürschel konn halt doch schneller loofen als ich, een aaler Moan … do hoa ich dem … dem elenden Krippel, dem elenden … dem hoab ich die Sirene … weil

---

[40] blöd

ich wullt haalt, doas der Alarm schneller ieberall zu hiern ies ... do hoab ich se dem Kerle gegaan.⁴¹"

Während der gestotterten Rede hielt er dem Kommandanten die blecherne Sirene entgegen, die eine Beule abbekommen hatte.

„Und der Kerle ies doch ... ma mechts nich glooben nich ... zuerscht ies ar zu oallen Häusern geloofen und hoat richtig gekurbelt, doass oalle es han hiern gekunnt⁴² ... sugor durch die neie Siedlung ies ar geloofen ..."

„Nu ja, nu nee", unterbrach der Kommandant den Redefluß. „Doas woar doch gutt, wie der doas gemacht hoat. Den kennt mer vielleicht bei der Feierwehr gutt gebrauchen. Wie heeßt ar denn?"

„Nu ja, nu nee", wiederholte der alte Kunzel die Anfangsworte des Kommandanten. „Wann ar nur nich zu gutter Letzt ooch noch uffn Friedhof geloofen wär. Ooch durte hoat ar gekurbelt und gekurbelt, als hätt' ar gewullt, doass olle Tuuten⁴³ uffgeweckt wern. Mitten zwischa den

---

⁴¹ gegeben

⁴² dass alle es hören konnten

⁴³ Toten

Grabreihen ies ar lang geloofen, vu vurne bis ganz nach hinga."[44]

Noch einmal atmete der alte Mann kräftig ein und aus, bevor er weitersprach:

„Wie ich dann salber hie gekumm bin, uffn Friedhof meen ich, do hoat ar die Sirene einfach furt geschmissen, der Krippel, der elende. Und nu hoat se eene Beule."

„Wer woar denn der Lausekerl?", wollten nun alle wissen.

„Doas soagn mer seim Voater …"

„… der mecht ihm ne ordentlich Überbucke[45] verpassen."

„Besser gleich dreie mitm Uchsaziemer[46] uff na nacketen Oarsch!"

Mir war, als wolle der alte Kunzel die gehässigen Worte gar nicht hören. Er wischte mit seiner schwieligen Hand nur immer wieder über die zerbeulte Handsirene

---

[44] von vorn bis ganz nach hinten
[45] Schläge aufs Gesäß
[46] Ochsenpeitsche

und hängte sie dann zurück an ihren Haken. Den Namen des Übeltäters, den hat er nicht verraten.

Da begann aber mein Herz zu pochen!

Ich hatte doch gesehen, wer den Kunzel-Bauer auf der Blücherstraße am meisten bedrängt, ja sogar an seinem Rock rumgezupft hatte. Sollte ich mich wichtigmachen und den Namen verraten?

Wenn aber der alte Kunzel den Namen nicht verrät, so dachte ich mir, ist es vielleicht ein Zeichen von Männlichkeit, in bestimmten Momenten zu schweigen. Deshalb habe auch ich nicht verraten, dass es der Max gewesen ist.

***

Erinnerungen an meinen Großvater.

Mein Großvater war kein reicher, dafür aber ein sehr ehrlicher und fleißiger Mann. Die Zeiten, in denen er lebte, könnt ihr euch heute kaum mehr vorstellen. Es gab nicht so viele Abwechslungen wie heutzutage, doch auch damals erlebten die Menschen manchmal gar wundersame Dinge.

Viele Geschichten, die mir mein Großvater erzählte, sind mir in guter Erinnerung geblieben. Manche musste er mir mehrmals erzählen, ich habe sie einfach immer wieder hören wollen. Da gab es lustige, aber auch gruselige, bei denen ich nicht wusste, was ich mir zuhalten sollte: die Augen oder die Ohren? Was er mir damals erzählte, vor allem aber **wie** mein Großvater seine Erlebnisse schilderte; das war so spannend, ich lauschte auf jedes einzelne Wort.

Nun will ich diese Geschichten aufschreiben, damit sie nicht verloren gehen. Glaubt aber nicht, ich erzähle hier ein neues Märchen, weil ihr schon andere Märchen von mir gehört habt. Nein, diese Geschichten sind so wahr, wie ich jetzt hier sitze in meinem sechsundachtzigsten Lebensjahr. Wenn ihr selbst einmal so alt sein werdet, werden auch eure Gedanken zurück in die Kindheit eilen. Vergessenes kommt aus der Tiefe der Gedankenwelt hervor und beginnt wieder hell zu leuchten.

In der Zeit, in der mein Großvater lebte, gab es erst ganz wenige Autos. Die Bauern brachten ihre Waren, Kartoffeln, Rüben, Getreide, Kraut, Äpfel, Birnen, Kirschen und andere Feld- und Gartenfrüchte, mit dem Pferdewagen in die Stadt, um sie auf dem Markt zu verkaufen. Deshalb war es auch damals schon wichtig, gute Straßen zu haben.

Was das mit meinem Großvater zu tun hat? Lest nur weiter, dann werdet ihr es bald wissen. Mein Großvater hatte nämlich für die damalige Zeit einen sehr wichtigen Beruf. Ja, und der hatte auch einen sehr wohlklingenden Namen: Chausseewärter! –

Was das ist, eine Chaussee?

Das ist schnell erklärt. Straßen, welche größere Städte miteinander verbinden, nannte man damals Chaussee.

Weil sie sehr wichtig waren, wurden sie sogar nummeriert. Opas Straße trug die Nummer 6. Sie hob sich deutlich von den schmalen Dorfstraßen ab. Chausseen waren breiter und auf beiden Seiten von Bäumen eingerahmt.

Was ein Wärter ist, wisst ihr ja; aber ein Chausseewärter?

Wie ein Wärter im Zoo auf Elefanten, Tiger und Löwen aufpasst und sie versorgt, kümmerte sich mein Großvater um eine Chaussee. Es war sogar eine sehr wichtige! Diese Chaussee verband die schlesische Stadt Freiburg mit der großen, weiten Welt. Schon in der ersten Klasse unserer Dorfschule lernten wir, dass unsere Straße weit oben am Meer, genauer gesagt in der Hafenstadt Bremen, beginnt und über Hannover, Leipzig und Dresden bis in unsere schlesische Hauptstadt Breslau führt. Mein Großvater konnte natürlich nicht die gesamte Chaussee in Ordnung halten. In seiner Verantwortung lag der Abschnitt von der Freiburger Adler-Brücke bis nach Möhnersdorf. Für einen einzelnen Mann war das schon eine enorme Strecke. Würde im menschlichen

Blutkreislauf auch nur ein kleines Stück unserer Adern beschädigt oder gar unterbrochen – da kann sich jeder vorstellen, wie schlimm das wäre. So ist es auch bei einer Chaussee.

Wissen müsst ihr noch, dass die Straßen damals noch nicht gepflastert oder gar asphaltiert waren. Autos gab es erst wenige, und für die Pferde war das Laufen auf festgestampfter Erde leichter, als auf Steinpflaster. Das Schlimme war nur, jeder kräftige Regen hinterließ seine Spuren. An manchen Stellen grub er Löcher in die Straße oder schwemmte die Seitenränder weg. Deshalb musste der Straßenwärter – nein, wir bleiben lieber bei dem viel schöneren Namen Chausseewärter – deshalb musste er dafür sorgen, dass alle Beschädigungen schnell wieder beseitigt wurden. Mein Großvater war also, wie schon gesagt, ein sehr wichtiger Mann, und er war auch stolz auf seinen Beruf.

An jedem Werktag verließ er – (wenn das Wetter besonders gehaust hatte auch an den Sonntagen) – mit dem ersten Morgenlicht seine Wohnung, um seine Chaussee zu pflegen und jeden Schaden zu beseitigen.

Über der Schulter trug er Schaufel und Hacke, manchmal auch Besen und Rechen.

Das waren die stolzen Zeichen seines Berufs. Und zu erleben gab es für ihn gar manches.

Einmal, es war wenige Tage vor dem Heiligen Weihnachtsfest, hatte es kräftig geschneit. Ein stürmischer Ostwind türmte die weiße Pracht zu hohen Wehen. Großvater blickte kurz aus dem Fenster, um zu erkennen, zu welchem Straßenabschnitt er zuerst eilen müsse. Wie wir Menschen unsere Gewohnheiten haben, so hat auch der Wind seine Vorlieben. Großvater kannte nicht nur den Schnee, sondern auch den Wind.

So sagte er an diesem Morgen zu meiner Großmutter:

„Ich gloob, heut werd's wull een bissel länger dauern, bis ich wieder derheeme bin. Ei der Senke, glei hingerm Friedhof, do werd der Wind wieder am schlimmsta gehaust han. Durte haut ar den Schnie immer dicke nei. Und derhinger uff der Höh, uff Möhnersdorf zu, durte hoat ar bestimmt oalles weggebloosen. Durte fegt ar die Chaussee nackig. Doa würda sich die Pauern die

Schlittenkufen kaputt kratza. Do werd ich tiechtig schaufeln missa. Uff der eenen Stelle a Schnie wegschaufel, on der anderen neischaufeln. Es ies schun verrückt, doas Laba."

„Nimm's na nie immer asu genau, du weeßt schun, wie ich doas meene", gab ihm meine Großmutter als guten Rat mit auf den Weg. „Die Pauern ham olle storke Pfarde[47], die ziehn die Schlitten schun drüber weg. Da musste dich nich asu org plagn, mit deiner kleenen Schaufel."

„Nee, nee, Muttel. Woas mer macha, doas mach' mer richtig. Du kennst doch deinen Wilhelm. Der ies nich vun der falschen Truppe. Woas ar macht, doas macht ar richtig. Koann halt een bissel später wern, bis ich heem kumm[48]. Halt mer die Stube scheen warm, dann ies alles gutt."

---

[47] starke Pferde

[48] heim komme

Kaum hatte mein Großvater die Haustür hinter sich ins Schloss gezogen, blies ihm der kräftige Ostwind ins Gesicht, als wolle er zu ihm sagen:

‚Kumm ock, Wilhelm, es gibt viel zu tun. Und sei mir nicht biese drum. Ooch wenn's dich ärgern tutt, mir hoat's Spaß gemacht! Ein bissel Freude braucht ein jeder, ooch ich, der Wind. Aber keene Angst nich, gleich hör' ich uff zu bloosen und leg mich über die Weihnachtstage zur Ruhe."

Und so geschah es auch.

Kaum war mein Großvater oben auf der Anhöhe angekommen, eine halbe Stunde hinter dem Friedhof, direkt unter dem Zeisberg, da schlief der Wind tatsächlich ein. In seiner bedächtigen Art begann Großvater mit seiner Arbeit. Auf weiter Strecke blickte die festgefrorene Erde hervor, so kräftig hatte der Wind darüber geweht. Damit die Kufen der Pferdeschlitten an diesen Stellen keinen Schaden nehmen konnten, schaufelte Großvater Schnee aus dem Straßengraben in die Schlittenspuren und klopfte ihn fest.

„Es ies schun sonderbar eim Laba", brummelte er dabei vor sich hin. „Doa denkt eener, wenns asu tichtig geschneit hoat, do müsst ich ieberall den Schnee aus der Straße naus schaufeln, dabei muss ich heut mehr nei schaufeln. Es ies schun recht verrückt, das Laba.[49]"

Mein Großvater war nicht nur ein fleißiger Arbeiter, er war auch ein kleiner Philosoph und dachte, während er seine Schaufel schwang, viel über die Besonderheiten des Lebens nach. Und ein kleiner Schelm war er auch. So hatte er einmal mitten im Wonnemonat Mai, als die rechts und links am Straßenrand blühenden Kirschbäume nach einem heftigen Windstoß ihre weißen Blüten alle auf einmal abwarfen und die Straße aussah, als hätte es frisch geschneit, da hatte er laut und fröhlich gesungen: „Leise rieselt der Schnee …"

Ein Wanderbursche, der gerade an dieser Stelle im Straßengraben seinen Mittagsschlaf gehalten hatte, war erschreckt aufgesprungen, hatte sich vor Großvater hingestellt und mit dem Finger an die Stirn getippt.

---
[49] Leben

"Ach, junger Mann", hatte mein Großvater zu ihm gesagt, "nehmen's nur alles nicht asu ernst. Een bissel verrieckt sein mer doch oalle. Und am verriecktesten ies doas Laba selber. Sie sein ja noch jung, oaber sie werns ooch noch merka."

Ja, so war mein Großvater.

Während also der Wind oben auf der Anhöhe die Chaussee blankgeputzt hatte, lag der Schnee unten in der Senke sehr hoch. Die rot und weiß angestrichenen Begrenzungsstangen waren kaum noch zu sehen. Das gab viel Arbeit. Großvater schaufelte und schaufelte und nahm sich kaum Zeit, einmal ins Brot zu beißen, das Großmutter eingepackt hatte. Bis zum Mittagsläuten wollte er die Straße bis Möhnersdorf freigeschaufelt haben. Danach musste er aber unbedingt noch einmal zu der Stelle, wo die Fischteiche direkt neben der Chaussee lagen. Nach dem Freischaufeln mussten die Signalstangen neu ausgerichtet werden. Wäre der Straßenverlauf nicht gut zu erkennen, könnte ein Pferdeschlitten leicht von der Straße abkommen und im

Eis der Teiche einbrechen. Der Schnee lag ja wie ein großes weißes Tuch und verwischte alle Unterschiede. In weiser Voraussicht hatte Großvater von der Strecke, an welcher der Wind die Straße frei geweht hatte, die weißroten Stangen mitgenommen. Neben den Teichen konnte er sie gut gebrauchen.

Im Abstand einer Fuhrwerkslänge drückte er Stange für Stange fest in den Tiefschnee. So konnten Pferde und Kutscher auch bei Nebel oder Schneegestöber nicht in Gefahr geraten, von der Straße abzukommen. Großvater hätte es als seine eigene Schuld angesehen, wäre ein Pferd oder gar ein Mensch in seinem Straßenabschnitt zu Schaden gekommen.

Zum Glück klarte es an diesem Nachmittag auf.

Großvater hoffte, es würde über die Weihnachtstage so bleiben, dann könnten die Bauern mit ihren Familien auf ihren prächtigen Schlitten, gezogen von glockenbehängten Pferden, ungefährdet in die Stadt fahren, um dort den Weihnachtsgottesdienst in der festlich geschmückten Kirche zu feiern.

Bei der Fahrt in die Stadt kamen sie direkt am Haus, in welchem mein Großvater wohnte, vorbei. Dann knallten die Bauern mit der Peitsche, als Gruß und auch als Dank für seine gute Arbeit. Darauf war mein Großvater immer besonders stolz. Es ist auch vorgekommen, dass Bauern anhielten und dem Chaussee-Wärter ein paar Eier ins Haus brachten, oder ein Suppenhuhn. Die Großmutter nahm diese Geschenke gern an, meinem Großvater waren sie dagegen peinlich, denn er wollte nicht, die Nachbarn würden glauben, er sei bestechlich.

Nachdem Großvater an diesem Vorweihnachtstag die gefährliche Strecke entlang der Teiche gut abgesichert hatte, blickte er sich noch einmal um. Er war zufrieden mit seiner Arbeit. Würde der Wind sein Versprechen halten und an den nächsten Tagen friedlich schlafen, könnten alle, die hier vorbeifuhren, ein ungestörtes Weihnachtsfest feiern. Und Großvater auch.

So machte er sich wieder auf den Heimweg.

Seit alten Zeiten standen die Wirtshäuser, in Schlesien wurden sie Kretscham genannt, direkt an der Straße. Keiner, der in ein Dorf kam, sollte lange suchen müssen, wollte er Rast machen, die Pferde füttern und auch selbst einen Schluck trinken.

Als Großvater durch Möhnersdorf heimwärts stapfte, begann es bereits zu dunkeln. Aus den Fenstern des Kretschams malte das flackernde Licht einer Petroleumlampe verlockende Zeichen auf die Straße.

„Nu ja, ich weeß nich", hatte mein Großvater in seinen weißen Bart gebrummelt. „Een kleener Korn wär schun recht".

Kurz entschlossen betrat er die Gaststube und wurde gleich von den anwesenden Bauern herzlich begrüßt.

„Nu, kumm ock rei, Wilhelm. Hoast dir eenen Schnaps verdient."

„Vun mir kriegste ooch eenen!", rief ein anderer Bauer.

„Hunger wird er ham, der Wilhelm. Gabtsem[50] eenen Teller vull Linsen mit Speck, uff meine Rechnung", fügte ein dritter Bauer hinzu.

Weil mein Großvater nach der schweren Arbeit wirklich hungrig war, ließ er sich nicht zweimal bitten. Das Linsengericht dampfte und tat ihm gut. Einen Schnaps trank er gern, den zweiten ließ er in ein Bier umtauschen. Es wurde geredet und geredet, über das Wetter und die gute Ernte – nur Äpfel habe es in diesem Jahr wenig gegeben, ein verspäteter Frost sei in die Blüte gekommen und habe den Fruchtansatz abgetötet.

„Nu ja", nickte Großvater, „man koann nich alles habm. Asu ies es halt, das Laba."

Nachdem sich mein Großvater aufgewärmt und gestärkt hatte, bedankte er sich bei den Bauern und begab sich nun endgültig auf den Heimweg. Eine gute Stunde würde er noch laufen müssen, bevor er die Stiefel von den Füßen ziehen könne. In Gedanken saß er schon am Küchentisch und beantwortete alle Fragen, die

---

[50] Gebt ihm

Großmutter ihm stellen würde. Ob es schlimm gewesen sei mit dem Schnee, würde sie wissen wollen, ob er jemanden getroffen habe und was es sonst noch zu berichten gäbe. Heute würde er genug zu erzählen wissen. Die Bauern hatten ihm so viel Neues aufgetischt: Beim Poppel-Bauer war das siebente Kind geboren worden, schon das fünfte Mädel; und dem Kunze hatte die Kuh Zwillingskälber geschenkt.

„Ja, ja, Muttel", würde er sagen, „die Welt ies schun recht sonderbar. Den eenen schenkt der Herrgott die Kinder, den anderen die Kälber."

Längst glänzte die Nacht mit ihrem himmlischen Schmuck.

Ungezählte Sterne funkelten, der Mond kam in seiner vollen Rundung hinter den Türmen von Freiburg empor gekrochen. Einmal flog sogar eine Sternschnuppe auf die Erde herab und hinterließ einen langen, leuchtenden Strich.

‚Ob doas woas Gutts zu bedeuta hoat?', begann mein Großvater zu philosophieren. ‚Aber, was sull's, doas Laba ies halt asu, wie es ies.'

Unter jedem Schritt knirschte der kalte Schnee wie zerbrechendes Glas.

‚Wenn doas Laba in seinem täglichen Eenerlee[51] wirklich asu ies, wies ies, wuher kummt dann manchmal su plötzlich eene Freude her? Woas wär ieberhaupt was Freudiges für mich?', sinnierte Großvater während er so Schritt für Schritt heimwärts stampfte.

Von dem, was ihm keine Freude wär, wusste er genug: Dicker Schneefall und stürmischer Wind! Das würde ihm die Weihnachtstage schnell verderben. Etwas Gutes, etwas, das ihm eine große Freude machen würde, das wollte ihm so schnell nicht einfallen.

Doch, ja! Dann fiel ihm etwas ein.

‚Munne[52] schlacht' ich een Kanikel[53], damit an Weihnachten een gutter Braten uffm Tisch stieht.'

---

[51] Einerlei

[52] Morgen

[53] Kaninchen

So ungetrübt waren meinem Großvater die guten Gedanken dann doch nicht.

‚Nu ja, leid tutt sie mir schun, die Schecke, wenn ich se munne schlachten muss. Aber asu ies es, doas Laba, do konnste nischt macha nich. Eens kummt noch dem andern. Ies Laba ies haalt asu, wies ies.'

Mit diesen Gedanken im Kopf und einem Lächeln auf den Lippen lief Großvater weiter, während die ersten Eiskristalle in seinem Schnurrbart zu glitzern begannen und kleine Zapfen bildeten. Außer seinen Schritten im knirschenden Schnee war weit und breit nichts zu hören.

Langsam und bedächtig näherte sich Großvater der langen Friedhofsmauer.

Plötzlich erschrak er!

Ein lautes Rattern zerbrach die Stille der Nacht. Großvater blieb stehen und lauschte. Da war alles wieder still.

„Mensch, Wilhelm", sagte Großvater zu sich selbst, „du werscht doch keene Angst nich habm vorm Friedhof. Die durte liegen tun, die schloofen oalle asu friedlich, vun denen tutt keener eenen Mucks mehr!"

Mutig ging er wieder voran, doch kaum hatte er einige Schritte getan, begann es wieder heftig zu rattern. Laut hallte es durch die bisher so stille Nacht. Wieder blieb Großvater stehen, sein Griff um den Schaufelstiel wurde fester.

Kaum verharrte er, war wieder alles still.

Zwei Schritte weiter – schon ratterte es wieder.

Großvater blieb stehen und rechnete nach.

„Een Bier und zwee Schnäpse, oder worns doch dreie? Oaber zuviel, fier een Kerrle wie mich, nee, doas ies es nich."

Kopfschüttelnd ging er weiter, wollte heim in die warme Stube, Stiefel ausziehen und die Füße in die vorgewärmten Pootschen[54] stecken.

Kaum tat er den nächsten Schritt, ratterte es wieder. Blieb er stehen, war alles still.

Großvater kannte alle die gruseligen Geschichten, die sich die Leute erzählten. Was auf einem Friedhof um Mitternacht alles passieren soll. Er hatte auch mir solche Geschichten erzählt, dass mir die Gänsehaut über den

---

[54] Hausschuhe

Rücken lief. Wenn mein Gesicht dann voller Angst war, begann er zu lachen.

„Ach, Jungerle, gloob ock nich oalles, woas de asu hierst. Doas ies oalles bluss Humbug", lachte er dann mit seinem gütigen Gesicht.

„Keener muss nachts asu oft am Friedhof vorbeilaufen, wie ich. Weeßte, Jungerle, mir konn keener Angst machen nich", hatte er mich immer wieder getröstet.

Aber heute wurde ihm doch recht mulmig. Er schüttelte missmutig den Kopf und ging weiter. Sofort begann wieder das Rattern, wurde lauter und kräftiger als zuvor.

Endlich erkannte mein Großvater, woher das Geratter kam. Das große, etwa drei Meter hohe hölzerne Friedhofstor wackelte hin und her.

„Da meechste meenen, ies will eener vun den Tuuten[55] wegloofen", murmelte Großvater lächelnd in seinen Bart und ging, den Stiel seiner Schaufel fest im Griff, auf das

---

[55] Toten

große Holztor zu. Im gleichen Moment rüttelte es so heftig, dass die allerletzten Schneereste, die noch oben auf den Holzlatten liegengeblieben waren, herabfielen.

Endlich sah Großvater, was das Rütteln verursachte.

Ein Feldhase!

„Nu, guck amol. Een kleener Vielfraß. Hoste vum frischa Friedhofsgrien, mit dem die Leut die Gräber fürs Weihnachtsfest geschmückt ham, genascht und dir dabei den Bauch asu vullgefressen, doass de nich mehr unterm Tor durchschlüpfen konnst."

Genau zwischen zwei Latten war der Hasenkopf festgeklemmt. Es gab kein vor und kein zurück mehr. Alle Versuche des Tieres, sich aus der misslichen Lage zu befreien, ließen das große Tor wackeln.

Großvater begann zu lachen, wohl auch, um seinen vorherigen Schrecken zu überwinden. Mit der Schaufel kratzte er den Schnee vorsichtig weg, er wollte dem Hasen ja nicht wehtun. Behutsam griff er nach den langen Ohren, drückte den Hasenkopf nach unten und befreite das Tier aus seiner misslichen Lage.

„Weeßte was? Dick und fett biste, aber ooch ganz scheen tumm! Mal asu richtig satt fressen, das derfste schun machen, aber sich asu dicke anzufressen, doas ies nich gutt nich. Aber nun haste nochamol Glieck gehoat, doas braucht a jeder in seinem Laba."

Zum Abschied streichelte Großvater über den Rücken des Tieres ... da spürte er die Wärme von Blut in seiner Hand. Ein Nagel hatte das Fell des Hasen in der Länge einer Männerhand aufgerissen. Großvater besah sich die Stelle genauer und erschrak. Bis tief ins Fleisch hinein ging der Riss. Rotes, blutendes Fleisch war zu sehen. Mit dieser Wunde würde der Hase die eiskalte Nacht nicht überleben.

Mein Großvater blickte dem schwer verwundeten Tier in die Augen.

„Nu, siehstes wieder. Zuerscht hoaste Glieck, dernochert[56] doas Pech. Mit eenem uffgerissna Bauch kummste nich weit. Die Leut ham schun recht. Vum Friedhof leeft keener mehr furt. Siehstes, ooch du nich."

---

[56] danach

Ein kurzer, kräftiger Schlag mit dem Schaufelstiel ins Genick genügte, die Qualen des Hasen für immer zu beenden.

„Tust mir ja leed, weeßte, aber zu was nütze biste schun noch. Die Muttel werd's freun. Nu bist du uff die Weihnacht een gutter Braten fier ins, und die Kinder müssen nich natschen, weil sunst hätt ich haalt insere Schecke geschlacht."

Mit einem Bindfaden, den jeder Chausseewärter immer in der Hosentasche bei sich trägt, band er die Hinterläufe des Hasen aneinander, steckte den Schaufelstiel durch diese Öse, hob alles auf seine Schulter und machte sich nun endgültig auf den Heimweg.

Ja, die Geschichte von meinem Großvater ist gut ausgegangen. Die Großmutter war schon ein bisschen verärgert, weil Großvater gar so spät heimkam. Als sie aber sah, was er mitbrachte, verflog ihr Ärger schnell.

Zum Glück hat uns der Großvater die Geschichte, wie er zu diesem Weihnachtsbraten gekommen ist, erst nach dem Essen erzählt. Sonst hätte uns der Hasenbraten sicher nicht so gut geschmeckt.

***

Die Taube.

Mitten in der Stadt.

Ich bin müde vom vielen Laufen und bleibe stehen. Vorm Breslauer Rathaus herrscht laute Geschäftigkeit. Händler, Touristen, Autoverkehr. Dazwischen eine Taube. Sie sitzt abseits, ich gehe ein paar Schritte auf sie zu. Sie fürchtet sich nicht vor mir, fürchtet sich nicht vor den anderen Menschen; selbst vor den Autos, die dicht an ihr vorüberfahren, hat sie keine Angst. Es stört sie nichts, sie nimmt keine Notiz von alledem – sie läuft dahin, drei Schritte rechts, pick, wieder nach links, pick, dann wendet sie sich um, urplötzlich, aber alles ohne Furcht, alles im Vertrauen.

Als Kind wäre ich auf sie zugelaufen, hätte sie zu fangen versucht, hätte mich an ihrer Unruhe ergötzt; ihr durch mich hervorgerufenes „Gurú-gurú" hätte mich zum Lachen gebracht, ich wäre glücklich gewesen; auch wenn sie letztendlich aufgeflogen wäre, das wusste ich auch als Kind schon, sie wäre nicht weit geflogen. Kurz im Kreis und wieder gelandet. Eine Taube macht das so, eine

Straßentaube, grau in grau. Aber als Kind habe ich noch ihre blauen Federn gesehen, wenige nur, aber die waren blau und gaben ihr ein Leuchten, ein Leuchten in meinen Augen, und meine Augen leuchteten auch. Die Federn hatten einen blauen Ton, das Federkleid war bunt, bunt genug für ein Kind. Tauben habe ich immer geliebt.

Nun bin ich kein Kind mehr.

Die Zeit der Schwerelosigkeit ist vorbei. Die Wirklichkeit hat mich eingeholt, und ich gebe mir Mühe, mich von ihr nicht überholen zu lassen. Die Wirklichkeit ist das Gegenteil von Schwerelosigkeit.

Die Taube ist nähergekommen, pickt fast meine Schuhsohle an. Ich verharre, halte still, will sie nicht vertreiben, will sie nicht verlieren. Ich will nicht, dass sie wegfliegt, hinüber zu den anderen Tauben, zur Masse, vielleicht, weil es dort mehr zum Fressen gibt; ich möchte, dass sie bleibt, dass sie bei mir bleibt, vielleicht, weil sie meine Kindheit beschwört, vielleicht zurückbringen kann, diese Schwerelosigkeit, in die ich fallen möchte, immer wieder.

Doch es kommt nicht dazu; die Taube wendet sich ab und trippelt davon. Der Gedanke an Undankbarkeit steigt in mir auf, denn ich stehe noch immer still, wage kaum zu atmen, denke mich in sie hinein - sie aber geht weg.

Voller Trotz will auch ich weitergehen, in die andere Richtung natürlich, ich kann doch jetzt nicht hinter ihr hergehen, schroff wende ich mich um und stolpere fast über ein Kind, das angestürmt kommt mit lachenden Augen und jauchzendem Mund. Das Kind verfängt sich in meinen Beinen, ich stehe im Weg, bin Hindernis zwischen Taube und Kind. Doch meine Beine sind kein Schutz für die Taube und auch kein Hindernis für das Kind; die Jagd geht weiter, drei Schritte rechts, dann wieder links, immer im Zickzack, hin, her, hin, her. Wenn nur der Klügere nachgibt, ist es die Taube; sie fliegt auf, gleitet, schwerelos. Zwei, drei Schläge mit den Flügeln, ein Dahinschweben – wie meine Kindheit.

Im Schutz meiner Beine landet sie wieder, geht um mich herum, rugút, als wolle sie sich bedanken, schaut zu mir hoch. Den Kopf muss sie leicht schräg halten, um die Entfernung von ihr da unten zu mir hier oben überhaupt erfassen zu können. Längst stehe ich wieder still, wage kaum zu atmen, lächle ihr zu, und mir ist, als lächle sie zurück. Wir schauen uns an, lange, und obgleich ich mich freuen sollte, steigt Angst in mir auf; Angst, das Kind könne wiederkommen und unsere Gemeinsamkeit zerstören. So freue ich mich nicht, obwohl ich Grund dazu hätte – ich kann mich nicht freuen, denn Angst ist stärker als Freude.

***

Oma Anna und der Fremde.

Das kleine Dorf Popelwitz, abseits von jeder großen Straße, ist uns schon bekannt. Nur selten verirrt sich ein Fremder in diese Einöde. Lebten vor zwei Jahren noch fünfundsiebzig Menschen in dem kleinen Ort, sind es jetzt nur noch achtundsechzig. Der jüngste Bewohner heißt Florian Schneller, er ist gerade einmal fünfzehn Monate alt. Oma Anna ist die älteste Frau in Popelwitz. Nur der Johann Vogt, der es noch versteht, aus Birkenreisern Besen zu binden, ist noch etwas älter.

Alle Popelwitzer sind fleißige Menschen. Auf ihren kleinen Feldern bauen sie alles an, was sie benötigen: Kartoffeln, Rüben, Weizen, Roggen, Hafer und Mais. In den Gärten wächst das Gemüse und im Wald das Holz, welches ihnen im Winter die Stuben warmhält.

Popelwitz ist ein sehr friedliches Dorf. Es gibt keine Zäune. Enten, Gänse und Ziegen laufen frei herum. Natürlich auch die Hühner. Ein Fremder würde sich wundern, woher ein Huhn weiß, in welchem Stall sich sein Nest befindet. Da sind die Hühner wohl schlauer; sie überlegen nicht, sie wissen es einfach. Auch am Abend geht jedes Huhn zu seinem angestammten Schlafplatz, ebenso die Hähne.

Der Einzige, der den Frieden manchmal stört, ist ein Habicht.

Damit seine Jungen groß und kräftig werden, holt er für sie manchmal ein kleines Küken. Natürlich wissen die Popelwitzer, auch diese Vögel müssen Nahrung für ihren Nachwuchs herbeischaffen. Wenn aber an einem Tag gleich mehrere Küken verschwinden, gefällt ihnen das nicht. Sie meinen, diese Greifvögel könnten doch Mäuse fangen, davon gibt es genug in den Scheunen und auf den Feldern. Oder Frösche, die quaken in den Sommernächten so laut, da fällt das Einschlafen oft schwer.

Einmal, das ist gar noch nicht so lang her, war Meiers Katze verschwunden. Es herrschte große Aufregung in Popelwitz. Die einen glaubten, nun habe der Habicht auch noch die Katze geholt; andere bezweifelten das und meinten, ein Habicht könne eine Katze überhaupt nicht wegtragen. Es wurde hin und her diskutiert, man konnte meinen, der Dorffrieden sei ernsthaft gefährdet. Als Meiers Katze nach drei Tagen wieder über den Hof spazierte, hinter ihr her vier neugeborene Kätzchen, war das Thema Habicht schnell wieder vergessen. Jetzt wurde gerätselt, welcher Hauskater der Vater der Kätzchen sein könnte.

Wie ihr seht, Popelwitz ist ein sehr friedliches Dorf. Mancher wäre geneigt zu sagen, es läge hinter dem Mond, doch das hätte die Bewohner gekränkt. Das wollen wir nicht. Sagen wir also: Popelwitz liegt hinter vielen dunklen Wäldern - das entspricht der Wahrheit und hat einen guten Klang.

Wie schon gesagt: Fremde kamen nur selten nach Popelwitz.

Im vorigen Jahr, es muss so am Anfang des Monats Dezember gewesen sein, kam ein sehr großer, besser gesagt ein langer Mann nach Popelwitz. Bettelnd ging er von Haus zu Haus. Die alte Tillmann-Oma, die nicht mehr gut hören konnte, blickte ihn erstaunt an. Von seinen großen Füßen blickte sie hoch zum Kopf und wieder hinab zu den Füßen. Wieder hinauf, und wieder hinab - einen so langen Menschen hatte sie noch nie in ihrem Leben gesehen. Von dem, was der Mann sagte, verstand sie nicht viel, nur das Wort „Winter" klang rein und hell in ihren Ohren.

Als sie ihren ersten Schreck überwunden hatte, fragte die Tillmann-Oma zögerlich:

„Winter? Sein sie der lange Winter?"

Der alte Mann wusste zwar nicht, was diese Frage sollte, nickte aber kräftig mit seinem Kopf. Da lief die Tillmann-Oma schnell zurück ins Haus und brachte einen geräucherten Schinken. Der war so groß wie ein dreifündiger Brotlaib. Sie übergab dem Langen den Schinken, und bevor der erstaunte Bettler auch nur ein Dankeswort stammeln konnte, war die Tillmann-Oma wieder im Haus verschwunden.

Am Abend kam der alte Tillmann aus dem Wald. Er hatte die letzten Holzreste eingesammelt, bevor sie der Schnee ganz zudecken konnte. Nach der schweren Arbeit wollte er sich stärken. Mit seinem scharfen Messer ging er in die Kammer, um eine Scheibe vom geräucherten Schinken abzuschneiden. Weil er ihn am gewohnten Ort nicht fand, stellte er seine Frau zur Rede.

„Wo ies denn der Schinken?"

Die Tillmann-Oma drückte ihre rechte Hand hinter das Ohr und fragte zurück.

„Wem sull ich winken?"

„Wo der Schinken ies, will ich wissen. Der geräucherte Schinken."

Opa Tillmann sprach lauter als sonst. Er wollte nicht noch einmal missverstanden werden. Aber ein bisschen Ärger klang in seiner Stimme mit.

„Der Schinken? Ach so, du meenst den geräucherten Schinken. Nu, du hoast doch immer gesoagt", verteidigte sich die Tillmann-Oma, ebenfalls mit erhobener Stimme, „du hoast doch immer gesoagt, den geräucherten Schinken, den hem mer uff[57] für den langen Winter. Nu ja, nu nee, vor eener kleenen hoalben Stunde woar ar hier, der lange Winter. Da hoab' ich em den Schinken mitgegahn."

---

[57] heben wir auf

Nun soll ja keiner denken, die Popelwitzer wären dumm. Auf gar keinen Fall. Erstens ist das ja schon sehr lange her, und zweitens gab es damals noch keine Hörgeräte. Da blieb den alten Leuten nichts Anderes übrig, als die Hand hinters Ohr zu halten, um ihre Ohrmuschel zu vergrößern. Geholfen hat es aber nur wenig. Eigenartig bleibt nur, dass man die damalige Zeit noch heute die „gute alte Zeit" nennt.

Doch bleiben wir bei unserer Geschichte.

Viele Jahre später, die Tillmann-Oma und der Tillmann-Opa waren schon lange tot, kam wieder einmal ein Fremder nach Popelwitz. Die Felder waren schon abgeerntet, das Holz für die Öfen lag griffbereit in den Schuppen. Die Popelwitzer warteten auf den ersten Schnee.

Es war an einem späten Freitagabend.

An der Tür von Oma Anna klopfte es. Seit die Popelwitzer vor ein paar Jahren geglaubt hatten, ein Mörder wäre in ihrem Dorf, war es eine feste

Angewohnheit geworden, am Abend alle Haustüren immer fest zu verschließen.

Als Oma Anna das Klopfen an ihrer Haustür hörte, vermutete sie, ihr Enkelsohn Felix wolle einen kurzen Besuch bei ihr machen.

„Bist du es, Felix?", rief sie durch die geschlossene Tür.

Von draußen antwortete ihr aber eine tiefe Männerstimme. Oma Anna erschrak. Schnell stieg sie die Treppe ins obere Stockwerk hinauf und blickte vom Fenster ihrer Schlafkammer hinab auf den Fremden.

„Wer seid ihr?", rief sie zu dem Mann hinunter. Von oben herab sah sie nur eine ungewöhnlich breite Hutkrempe.

„He Anna! Anna Trautwein, ich bin's. Kennste mich nich mehr?"

„Ich konn nur nur deinen Hutt sehn, und den kenn ich nich!"

Der fremde Mann, der vor Oma Annas Tür stand, nahm seinen Hut ab und beleuchtete sein Gesicht mit einem Feuerzeug. Alles, was Oma Anna nun sehen konnte, waren wuschlige Haare, die bis über die Schultern des Mannes fielen. Auch sein Gesicht war mit einem wallenden Bart bedeckt. Das einzige, was klar zu erkennen war, das waren zwei funkelnde Augen.

Oma Anna erschrak ganz fürchterlich.

Als der Mann aber seinen Namen nannte, lief sie schleunigst die Treppe hinab und öffnete die Tür. Schnell ließ sie den fremden Mann ins Haus, blickte aber zur Vorsicht nochmals zurück auf die Straße, um zu sehen, ob jemand sie beobachtet hatte.

Drinnen im Haus gab es dann eine herzliche Umarmung.

Alles, was Oma Annas Vorräte boten, wurde aufgetischt. Mit großer Freude sah sie zu, wie es ihrem Gast schmeckte. Doch plötzlich stand Oma Anna auf und zog die Vorhänge zu. Mehr noch; sie schloss sogar die Fensterläden der Wohnstube, was sie sonst nur tat, wenn ein großer Sturm oder gar Hagelschlag angesagt war.

Nachdem der Fremde sich satt gegessen hatte, dazu einen ganzen Liter Bier getrunken, blieben die beiden am Tisch sitzen, denn es gab viel zu erzählen.

Weil aber in einem so kleinen Dorf, wie es Popelwitz nun einmal war, nichts geheim blieb, erreichte Oma Annas Sohn Walter sehr schnell die Nachricht, in das Haus seiner Mutter sei ein fremder Mann eingedrungen. Überbringer der Nachricht war der Schneller Robert, der Freund von Oma Annas Enkeltochter Sybille. Die beiden hatten sich im Schutz der Scheune des Wermut-Bauern gerade einen letzten Abschiedskuss gegeben, als sie das Klopfen des Fremden an Oma Annas Haustür hörten. Sie waren richtig erschrocken. Eng aneinander gedrückt sahen sie alles, was es zu sehen gab. Voller Schrecken waren sie gleich zu Sybilles Vater gelaufen, um ihm die Ungeheuerlichkeit brühwarm zu erzählen.

„Mein Gott, Walter!", rief voller Schreck seine Ehefrau. „Do musste woas tun! Oma ies ei gruußer Gefahr!"

Walter Trautwein überlegte einen klitzekleinen Augenblick, ob er den Wermut-Bauern bitten solle, ihm sein Jagdgewehr auszuleihen. Dann verwarf er den

Gedanken aber gleich wieder, fragte dagegen den Schneller Robert, ob er bereit sei, ihn zu begleiten. Natürlich wollte auch Sybille mit, was ihr aber nicht erlaubt wurde.

Walter Trautwein nahm den, aus einem alten Efeustamm geschnitzten, knorrigen Spazierstock fest unter den Arm und eilte mit Robert schnellen Schritts zu Oma Annas Haus. Schon von weitem fiel ihnen auf, dass die Fensterläden geschlossen waren.

‚Oh, mein Gott', dachten beide gleichzeitig, ohne es laut auszusprechen. ‚Vielleicht ies diesmal werklich een Mörder eim Durfe?'

Oma Anna war in der Zwischenzeit mit dem Fremden nach oben gegangen, um das Bett in der Besucherkammer frisch zu beziehen. Nun mag sich mancher wundern, warum Oma Anna eine Dachkammer als Besuchszimmer eingerichtet hatte. Wer sollte schon bei ihr zu Besuch kommen? Doch das ist ganz einfach erklärt:

Damals, als das geschah, wovon hier erzählt wird, konnten die Popelwitzer Kinder in den Schulferien nicht groß verreisen. Nicht nach Österreich, schon gar nicht nach Italien. In den Ferien hieß es für sie, auf den Feldern mitarbeiten.

Die herzensgute Oma Anna wollte aber, dass ihre Enkelkinder das Gefühl bekommen, auch einmal im Urlaub zu sein. Deshalb durften Sybille und Felix, für eine Woche oder zwei, abwechselnd in diesem Besuchszimmer wohnen. Wünschten sie sich in den **Alpen** Ferien zu machen, hängte Oma Anna alle Fotos von hohen Bergen auf, die sie besaß. Hieß der Reisewunsch **Nordsee**, waren es Fotos von Schiffen auf stürmischer See oder von rot leuchtenden Sonnenuntergängen über dem Meer. Im letzten Jahr hatte Oma Anna sogar aus weißem Papier Möwen gebastelt und über das Bett gehängt, was besonders Felix begeisterte. Er wollte ja später Tierforscher werden. Sybille war dagegen viel unprosaischer. Sie hatte zu Oma Anna schon am ersten Abend gesagt:

„Hoffentlich kacken mir die Möwen nich eis Gesichte!"

Während Oma Anna das Bett bezog, packte der Fremde seinen riesigen Rucksack aus.

Da klopfte es gewaltig gegen die Haustür.

Zuerst erschrak Oma Anna, dann lächelte sie und legte ihren Zeigefinger über ihren Mund zum Zeichen, der Fremde möge schweigen. Langsam schlurfte sie in ihre Schlafkammer, öffnete das Fenster und fragte, während sie ein Gähnen vortäuschte, was denn los sei.

„Muttel, ies oalles in Ordnung bei dir?"

Walters Stimme war voller Sorge.

„Woas sull denn nich ei Ordnung sein bei mir?", fragte Oma Anna schelmisch zurück.

„Nu ja, nu. Bei dir ies doch een Fremder gewaast", sekundierte der Schneller Robert.

„Warum hoaste die Fensterläden geschlossen?", fügte Walter hinzu.

„Nu ja, weeßte, mei Gichtfuß soagt mer, baale zieht een Gewitter uff, mit gruußem Hagel."

Walter Trautwein fiel nichts ein, was er seiner Mutter hätte entgegnen können, deshalb antwortete Robert.

„Aber Oma Anna. Mir ham den scheensten Sternenhimmel, guck amol. Wo sull denn da een Gewitter haarkumm?"[58]

Endlich fiel auch Walter ein, was er schon lange sagen wollte:

„Loass uns eis Haus nei."

„Nee, nee. Ich bin schun eim Bette. Gieht heem und loasst mer meine Ruh."

Als Walter Trautwein sah, dass seine Mutter das Fenster wieder schließen wollte, rief er viel zu laut zu ihr hinauf:

„Muttel, soag amol: Ies bei dir een Mann eim Haus?"

Oma Anna lehnte sich noch einmal weit aus dem Fenster und rief ihrem Sohn mit unverhohlenem Spott in der Stimme zu:

„Nu weeßte. Seit zwölf Jahrn bin ich jetze schun eene Witwe. Doa koann ich wohl macha, woas ich will!"

---

[58] herkommen

Walter Trautwein und Robert Schneller sahen sich verdutzt an, zuckten gleichzeitig mit den Schultern und trabten schließlich heim, ohne noch ein Wort miteinander zu reden.

Oma Anna und der Fremde hatten lange geschlafen, danach gemeinsam ausgiebig gefrühstückt und dabei große Pläne geschmiedet.

"Dem zoahln mersch heem"[59], beharrte Oma Anna immer wieder. „Asu einfach kummt uns der nich davon!"

Sie sagte das aber nicht mit Ärger in der Stimme, im Gegenteil. Der schelmische Unterton, in allem was sie sagte, war nicht zu überhören.

„Als gelernter Zimmermann musste doch uff eenem ganz schmalen Balken loofen kenn."

„Doas ies für mich keen Problem nich", antwortete ihr der Fremde. „Uff dem First vun deinem Haus tanz ich hie und her und jonglier, wennste willst, mit eener Dachlatte uffm Kinn."

Oma Anna rieb sich vergnügt die Hände.

---

[59] dem zahlen wir es heim

„Und Seilhüpfen konn ich ooch, uben uffm First", fügte der Fremde hinzu.

„Um Gotts Willn! Gefährlich werden darfs nich. Wennste runter fällst ..."

Der Fremde versicherte Oma Anna hoch und heilig, sie müsse sich nicht um ihn sorgen. Er könne sogar Seiltanzen, er habe es gelernt, weil es ihm einfach Spaß gemacht habe. Sie müsse nur ein Springseil besorgen, und vielleicht auch einen Ball, mit dem könne er auch einige Kunststücke machen.

So saßen Oma Anna und der Fremde lange beieinander, steckten ihre Köpfe zusammen und schmiedeten Pläne. Manchmal mussten sie hell auflachen, obwohl Oma Annas Sorge, das gewagte Spiel könne zu gefährlich werden, doch nicht ganz verschwand.

*

Im Haus von Walter Trautwein herrschte große Besorgnis.

Was war nur mit Oma Anna los?

„Eenem fremden Moann hoat se iss Haus geöffnet, und doas mitten ei der Nacht."

„Biste ooch sicher, doas es een Moann gewesen ies?"

Sybille versicherte, sie hätte genau gehört, dass es keine Frauenstimme war, mit der Oma Anna gesprochen habe.

„Vatel, doa stimmt woas nich. Da musste woas macha."

Die Verwirrung vergrößerte sich aber noch um ein Vielfaches, als plötzlich Oma Anna vor der Tür stand und fröhlich lachend allen einen „Guten Morgen!" wünschte.

„Nu, woas ies. Woas guckt ihr denn asu? Ich mecht mir bluußig een Springseil ausleihn. Eens zum Hopsen. Und eenen Ball."

Walter Trautwein erschrak.

„Muttel … woas ies denn los mit dir?"

Oma Anna schob ihren Sohn zur Seite und trat in die gute Stube.

„Soag mal, Sybille, oder du, Felix; hoabt ihr een Springseil für mich? Und eenen Ball? Oder muss ich erscht eim ganza Durfe umeinander loofen, um mir woas auszuborgen?"

Während Sohn Walter und Schwiegertochter Edeltraud wie erstarrte Salzsäulen herumstanden, rannte Felix los und brachte Oma Anna ein Springseil und drei unterschiedlich große Bälle.

„Dank dir scheen, mei Lieber. Uff dich konn ma sich haalt verlossen."

Oma Anna strich ihrem Enkelsohn über den Kopf, barg die Spielsachen sorgfältig in ihrer Schürze und ging, ohne sich auch nur einmal umzudrehen, davon.

Der neunjährige Felix blickte ihr lange hinterher. Ihm wurde angst und bang. Er hatte einmal gehört, alte Menschen können ganz plötzlich verrückt werden. Sie tun dann Dinge, die normale Menschen nicht mehr verstehen. War es bei seiner Oma jetzt auch so weit? Von einem Tag zum anderen? Felix wollte ja, wenn er groß ist, einmal Tierforscher werden. Aber diese komische Sache mit der Oma und dem Fremden – die weckte ebenfalls seinen Forschergeist.

Kaum war Oma Anna gegangen, schlich Felix heimlich hinter ihr her. In der Nähe ihres Hauses angekommen, legte er sich auf den Bauch und kroch - wie er sonst die brütenden Wildenten anschlich - langsam näher.

Als Oma Anna ihre Wohnstube betrat, musste sie lauthals lachen.

Der Fremde hatte die Zweisitzercouch in die Mitte des Wohnzimmers geschoben, und lief barfuss oben auf der schmalen, hölzernen Rückenlehne hin und her. Sogar im Rückwärtsgang probierte er es.

Eilig zog Oma Anna alle Vorhänge vor die Fenster. Ihren wachsamen Augen war nicht entgangen, dass nicht nur ihr Enkelsohn Felix um das Haus schlich. Eine ganze Horde junger Indianer hockte in den Büschen.

Eine gute halbe Stunde sah Oma Anna dem gekonnten Balancieren ihres Gastes zu. Sie wartete gespannt ab, ob ihm die Sprünge mit dem Seil ohne Absturz gelingen würden. Als sie fest davon überzeugt war, alles würde gut gehen, ging sie vors Haus, rief ihren

Enkelsohn Felix herbei und redete so laut auf ihn ein, damit alle anderen Kinder, die das Haus umschlichen, es gleich mithören konnten. Sie mühte sich auch, so gut es ging, nach der Schrift zu reden, als habe sie etwas Amtliches zu verkünden.

„Lauf in alle Häuser. Sag den Leuten, sie solln munne, morgen am Sonntag, nach dem Mittagessen, so um zwei Uhr, hier zu meinem Haus kommen. Sie sehn dann den weltberühmten Artisten **Alfredo di Rossi**. Der zeigt Kunststücke, die sie noch nie gesaahn hon – noch nie gesehen haben."

Felix schaute die Großmutter zuerst ungläubig an, dann drehte er sich um und lief, wie die anderen Kinder auch, schnurstracks die Straße hinunter, um Oma Annas seltsame Botschaft überall zu verkünden.

„Ein bisschen Eintrittsgeld sullen die Leute ooch mitbringn!", rief Oma Anna noch hinterher, die Kinder schienen es aber nicht mehr zu hören.

*

Am Sonntag lachte die Sonne über Popelwitz.

Es schien, als hätten die Popelwitzer ihr Mittagessen nur halbgekaut hinuntergeschluckt, denn die ersten Neugierigen standen bereits vor Oma Annas Haus. Alle hielten aber respektvollen Abstand.

Fünf Minuten vor zwei Uhr standen dann alle achtundsechzig Bewohner von Popelwitz im großen Kreis. Nicht einmal der Wegner Emil fehlte, der Lokomotivführer. Er hatte an diesem Wochenende dienstfrei.

Manche brachten sogar Klappstühle mit, andere hielten sich fern, als sei ihnen die Sache nicht ganz geheuer. Während sie so warteten, wurden wilde Gerüchte erzählt. Die Kinder, die schon den ganzen Tag um Oma Annas Haus geschlichen waren, wollten gesehen haben, ein Wirrkopf, dessen Gesicht man vor meterlangen Haaren gar nicht erkennen könne, laufe durch die Luft. Sein Kopf sei manchmal sogar an die Zimmerdecke angestoßen. Dann habe er immer so teuflisch gelacht. Und das alles an einem heiligen Sonntag. Er müsse die arme Oma Anna verhext haben. Es sei wohl besser, man rufe gleich die Polizei.

„Walter, du musst woas macha!", redete Edeltraud fortwährend auf ihren Mann ein. „Deine Muttel ies ei eener grußen Gefahr!"

Was er aber tun solle, konnte sie ihm auch nicht sagen.

*

Pünktlich um zwei Uhr war es dann soweit.

Oma Anna trat vor ihre Haustür, unter dem Arm ein weißes Tuch. Es sah aus, als wären es zwei oder gar drei in der Länge zusammengenähte Handtücher. Zuerst blickte sie sich im Kreise um, als zähle sie, ob auch alle Einwohner von Popelwitz erschienen seien, öffnete danach die Fensterläden ihres Hauses und befestigte an ihnen mit Hilfe von Wäscheklammern das lange Tuch.

Die Popelwitzer, die Oma Annas Tun lautlos zusahen, lasen die in roter Farbe aufgemalten Lettern:

ALFREDO di ROSSI !!!

Während Oma Anna noch überlegte, ob sie jetzt eine Ansprache halten solle, vielleicht sogar müsse, blickten alle Popelwitzer in die Höhe. Auf dem First von Oma Annas Haus war eine Gestalt erschienen, eingehüllt in einen großen schwarzen Umhang. Auf dem Kopf trug sie einen schwarzen Hut, dessen Krempe so breit war wie ein Wagenrad.

Ein Raunen ging durch die Menge.

Die Mütter hielten ihre Kinder fest an den Händen. Den Männern blieb nur das Staunen. Die Schmiedin bekreuzigte sich, obwohl sie evangelisch war, und raunte ihrer Nachbarin zu:

„Der Teifel tanzt uff Annas Haus herum!"

Barfüßig lief der Fremde auf dem Dachfirst hin und her. Manchmal sah es aus, als stolpere er, was den Zuschauern jedes Mal einen Angstschrei entlockte. Als dieses Stolpern immer stärker wurde und die ersten Schreie des Entsetzens zu hören waren, griff der Dachtänzer zuerst nach seinem breitrandigen Hut und warf ihn wie eine Frisbeescheibe über die Menge. Als nächstes zog er den umgehängten Vollbart aus seinem Gesicht und warf ihn zusammen mit der langhaarigen Zottelperücke vom Dach. Zuletzt ließ er seinen schwarzen Umhang über die Schultern rutschen. Langsam glitt dieser über die Dachziegel und blieb direkt vor die Haustür liegen.

Jetzt trug der Mann auf dem Dach ein buntes Artistentrikot.

Das wunderte die Zuschauer weniger. In Erstaunen versetzte sie vielmehr, dass der Fremde nunmehr bartlos war. Er hatte auch keine schulterlangen Haare mehr, wie es die Kinder im Dorf erzählt hatten.

Viel Zeit blieb ihnen aber nicht, ihr Erstaunen kundzutun. Der Fremde, der bislang auf der schmalen Kante des Dachfirstes nur hin und her gelaufen war, hatte plötzlich ein Springseil in den Händen. Vorsichtig, als fürchte er abzustürzen, hüpfte er zuerst mit beiden Beinen, dann auf einem Bein stehend, durch das schwingende Seil. Immer, wenn er dabei zu straucheln schien, hallte ein Entsetzensschrei hinauf zum Dach. Manch einer merkte aber schnell, dass der Dachtänzer sie damit nur erschrecken wollte. Als er aber einmal bis an das äußerste Ende des Dachfirstes hüpfte, hielten die ersten Frauen ihren Kindern die Augen zu. Das Hüpfen wurde immer schneller und schneller, und mitten in einem Schwung warf der Artist das Seil über die Firstspitze hinab in den Hof. Nun setzte er seine Hände auf die Firstziegel und lief, erst langsam, dann erschreckend schnell, auf den Händen die ganze Dachreihe entlang. Zuletzt bewegte er sich in dieser Haltung sogar rückwärts.

Jetzt hielt es die Leute nicht mehr. Zuerst zaghaft, dann aber immer lauter, wurde das Klatschen der Hände. Sogar erste „Bravo"-Rufe waren zu hören.

Oma Anna stieß den neben ihr stehenden Rosner-Bauer mit dem Ellenbogen an und flüsterte ihm zu:

„Na, gefällt's dir?"

Der Rosner-Bauer, der noch nie ein fröhlicher Zeitgenosse gewesen war, murrte so laut, dass es alle hören konnten:

„Nischt als brotlose Kunst."

Die ersten, die gegen diese Worte protestierten, waren die Kinder.

„Super ist der!" riefen sie.

„Der hoat vielleicht Muskeln!", staunte ein Mädchen, und ein anderes rief:

„Der gefällt mer!"

„Woas nütza sulche gruußen Muskeln, wenn ar nischts arbeiten tutt", motzte der Rosner-Bauer weiter. „Draußa ufff'm Feld oder eim Stalle, doa wärn se sinnvoll, die Muskeln. Aber asu, bei dem Firlefanz."

Inzwischen hatte der „Artist" die Bälle hervorgeholt, die Oma Anna bei Sybille und Felix ausgeborgt hatte. In bunter Reihenfolge warf er sie in die Luft, fing sie aber jedes Mal wieder geschickt auf. Als der Beifall am lautesten wurde, ließ der Mann den ersten Ball über die Dachziegel hinab auf die Straße hüpfen, genau in Felix Arme. Der zweite Ball landete bei Sybille. Den letzten aber, den der Fremde zuerst noch auf der Spitze seines Zeigefingers kreisen ließ, warf er in einem hohen Bogen genau auf den Kopf des Rosner-Bauern.

Da lachten alle Popelwitzer, so laut sie nur konnten.

Als sie danach wieder nach oben blickten, war das Dach leer. Der Fremde war verschwunden. Verärgert über das Gelächter wollte der Rosner-Bauer weggehen, doch Oma Anna hielt ihn am Arm fest.

„Hier geblieben! Die Vorstellung ies noch nich zu Ende. Itze kummt erscht noch doas Scheenste."

Langsam öffnete sich Oma Annas Haustür.

Der Fremde trat, in einen dunkelgrünen Cordanzug gekleidet, langsam aus der Tür. Wieder begannen die Leute in die Hände zu klatschen. Der Wermut-Bauer zog seinen Hut vom Kopf und ging damit von einem zum anderen, jeder sollte ein Scherflein einlegen. Als er zum Rosner-Bauer kam, schüttelte der nur den Kopf, ohne nach einer Münze zu suchen.

„Ich muss mei Geld hart verdiena, ich hoab nischts zu verschenka. Schun goar nich an su eenen italienischen Gaukler."

„Musste ooch nicht, du Hornochs", eiferte sich Oma Anna.

Der Rosner-Bauer empörte sich.

„Ich loass mich vun dir noch lange nich eenen Hornochs nenn!", protestierte er und versuchte erneut, wegzugehen.

Doch Oma Anna hielt ihn fest.

„Wenn de noch immer nich gemerkt hoast, woas hier luus ies, dann biste wirklich een Hornochse. Guck der doch den ‚italienischen Gaukler' eenmal genau oan, Rosner-Bauer. Und les' amol den Namen, der durte uff den Tüchern stieht. Begreifstes endlich?"

In der Menge, die um die Streitenden herumstand, begann es zu brodeln. Verdutzt schauten sie einander an, blickten auf den näher tretenden Fremden, murmelten immer wieder seinen Namen, der auf den Tüchern stand: ALFREDO di ROSSI. ALFREDO di ROSSI - bis die Wermut-Bäuerin plötzlich laut aufschrie:

„Mein Gott! Doas ies ja der Alfred! Der Rosner Alfred!"

„Alfred! Alfred!", schrie nun die Menge, und jeder wollte dem Sohn des Rosner-Bauern die Hand drücken.

Oma Anna hatte inzwischen den Griesgram am Sonntagsjackett gepackt und begann ihn zu schütteln.

„Weeßtes noch, Rosner-Bauer, wie doas doamals woar, vor zwölf Jahrn? Dein Alfred, der wullte, als er aus der Schule raus war, unbedingt een Zimmermann wern. Du hoast aber darauf beharrt, ar müsste bei dir uffm Hof arbeiten. Doa ies dir dei Alfred weggeloofen. Ar ies nach Bayern, hat durte die Zimmermannslehre gemacht und ies inzwischen sogar Zimmermeester! Und doas Artistische, doas hoat ar aus Spaß su ganz nebenbei dazu gelernt."

Ganz langsam trat der Fremde, der nun nicht mehr der Alfredo di Rossi war, sondern der Rosner Alfred, vor seinen Vater und streckte ihm die Hand entgegen.

„Vater ..."

Der Rosner-Bauer blickte seinen Sohn lange an. Weil er nicht wusste, was er sagen sollte, leckte er sich über die Lippen. Dann brachte er mühsam hervor:

„Belogen haste mich ..."

„Aber Vater, nie hab' ich dich belogen ..."

„Uff der letzten Karte, die de vor vielen Jahren geschrieben hoast", stotterte der Rosner-Bauer herum, „hoaste geschriebn, du giehst nach Amerika."

Da lachte der Sohn seinen Vater an.

„Nein! Ich hab' nicht geschrieben, ich geh nach Amerika. Ich hab' dir geschrieben: Ich gehe nach Übersee."

„Doas ies doch genau das Gleiche."

„Aber Vater. Die Stadt **Übersee** liegt in Bayern. Direkt am Chiemsee."

Vor Verlegenheit wischte sich der Rosner-Bauer mit seiner schwieligen Hand übers Gesicht. Es sah aus, als wische er dabei alle Irrtümer und Zwistigkeiten, die er mit seinem Sohn gehabt hatte, weg. Endlich nahm er die ihm entgegen gestreckte Hand seines Sohnes in seine Hände. Lange blickten sie sich in die Augen, und endlich umarmten sie sich.

Über diesen Ausgang war Oma Anna sehr glücklich. Doch für sie war noch nicht alles erledigt. Mit schnellen Schritten ging sie hinüber zu ihrem Sohn Walter. Direkt vor ihm blieb sie stehen und schüttelte, für alle sichtbar, ihren ergrauten Kopf.

‚Wie denkst du nur über deine aale Mutter?', wollte sie ihm damit sagen. Ihr Sohn verstand sie auch ohne Worte und senkte beschämt seinen Kopf. Zum Glück kam in diesem Moment der kleine Felix angerannt, umarmte seine Oma und rief ganz laut:

„Oma Anna, du bist die oallerbeste Oma der ganza Welt!"

Und dem ist nichts mehr hinzuzufügen.

***

Der Gockel.

Inser Kerchla, doas kleene, nu hiert nur und staunt,
dem hoan se een kleens Türmla oagebaut,
und wenns moal so richtig blitzt und gewittert,
doa hoat doas ganze Türmla gezittert;
gebebt hoats, ihr Leutla, ihr werds goar nich glooben,
und wenns noch schlimmer als schlimm woar, hoat
sichs Türmla verbogen.

Doa koam der Gockel, der uhm uff der Spitze musst
sitza,
vor lauter Angst goar heftig eis schwitza.
Gequietscht hoat ar schun beim kleensta Wind,
gekreelt und gejammert wie een bieses Kind,
wenn der Voater kummt mit dem Uchsaziemer
dem Raubauz zu haun fünfe quer drüber.

Warum oaber muss inser Gockel so jämmerlich
schrein?
Ar ies doch stets sauber und sündenrein.

Der Pastor müßts wissa, ar ies doch schlau und gelehrt,
nu hiert nur gutt zu, wie ar ins belehrt:

„Der Gockel, der aus verguldetem Bleche,
der zoahlt fier euch die bittere Zeche,
ar selber hoat nich gesündigt, nich gelogen,
hoat weder gehurt und ooch keenen betrogen;
warum ar so schreit, nu sullt ihrs mal wissa:

Er bießt fier euer schlechtes Gewissa;
drum schreit und quietsch ar uff dem wackliga Turm,
und fercht sich schun vor dem nächsten Sturm;
wenn eener vun euch tutt eenen andern bescheißen,
und een dritter mecht goar eenen Witz drüber reißen;
versucht moal eene Wuche ohne Sünde zu leben,
beten und frommsein sei euer Streben,
dann wird ooch der Gockel ne Woche lang schweigen,
und ooch der Turm wird sich nimmer su neigen,
als möchte ar goar sterzen in sich zusammen;
nu hoabts ihr gehiehrt, und damit AMEN!"

Doa hoat sich der Karle eis Fäustla gelacht
und glei eene gutte Tat vollbracht.

Ei der nächsta Nacht beim Mondenschein
schleicht ar sich heemlich eis Kirchla nei;
een Kännla Öl hoat ar wohlverwahrt
ei seiner aalen Joppe uffbewahrt;
und wie ar su nuff kummt uff die heechste Spitz,
do ies ar ganz leise und – potzeblitz
spritzt ar doas Öl under des Gockel Füß,
direkt durte hie wo ar ies uffgespießt;
und zur Probe dreht ar doas Blechtier dreimal im Kreise,
ar mecht hiern, ob doas Drehn ooch gieht ganz leise.

Und siehste, nischt quietsch mehr, een Wunder ies geschehn,
nu koann a jeder friedlich durch die Wuche gehn.
Und der Pastor mecht glooben, doass seine Predigt gehulfen hoat,

aber - een Tröpla Öl macht oalles gloatt.

Und wie ars gehiert hoat, woas werklich gescheha woar,
do packt ar den Karle ganz feste am Ohr
und drehts und quetschts, ma mechts goar nich glooben,
dem Karle verdrehn sich die beeden Oogen,
doa hilft ihm ooch keen lautes Naatschen,
doas die Tränla truppa bis ei die Pootschen;
ar quietscht und schreit, wie früher der Hahn,
drum dichten se schnell ihm een Spottnamen oan,
nu heeßt der Karle, ihr kennts eich schun denka,
denn die Leute tun nischt umsunst verschenka:
der GOCKEL heeßt ar nu, wohl bis hie zu seim Grab,
obwohl ars doch werklich nur gut gemeent hoat.

***

Traum.

Ich hatte einen Traum.

Es war ein Fest. Alle waren freundlich zu mir, obwohl sie mich nicht kannten, und auch ich kannte sie nicht. Sie nahmen mich in ihre Mitte, tanzten mit mir, erklärten mir die Schritte, damit ich nicht stolperte. Sie zeigten mir, wo es Erfrischungen gab, ohne mich zu nötigen: „Trink doch!" – Sie lachten und waren alle fröhlich, und das Lachen steckte an; auch das Fröhlichsein. Keiner stand abseits, keiner war allein. Keiner sprach: „Eigentlich möchte ich" - ohne es zu tun. Keiner sagte: "Vielleicht" - was 'nein' heißen sollte, oder auch ‚ja'.

Keiner verbarg seine Zärtlichkeit. Keiner verbarg seinen Hunger nach Zärtlichkeit.

Einer von ihnen kam später zu mir und sagte: „Es freut mich, dass du bei uns bist", und er legte seine Hand auf meine Schultern, ohne zu klopfen. Wir lachten miteinander, wir tanzten miteinander, aßen miteinander, tranken miteinander, erzählten Geschichten und sahen uns in die Augen. Und wir schwiegen. Schwiegen und waren froh dabei.

Wie lange wir saßen, weiß ich nicht. Irgendwann nahm er mich an die Hand und führte mich weg. Die Wand tat sich auf, und wir gingen hinaus, schritten leicht und beschwingt, ohne Hast und ohne Eile. Wir überquerten die Straße, den Platz, gingen über die Brücke, es war eine sternenklare Nacht – wir wurden schneller, ohne uns anzustrengen, gingen über das Feld, über den Wald, gingen von Stadt zu Stadt, von Land zu Land, überquerten die Meere, Kontinente, gingen hinaus in die Nacht, von Stern zu Stern, er hielt mich noch immer an der Hand, doch ich fühlte meine Freiheit, war nicht beengt, war nicht bedrückt, war frei und glücklich wie nie zuvor, es war herrlich bei ihm zu sein.

Wir schwebten nicht, wir gingen festen Schrittes. Einmal hielt er an, wollte zurückblickend mir die Erde zeigen, sagte, sie sei nur ein kleiner Punkt, grau schimmernd, blass, doch ich ging weiter, ohne mich umzudrehen.

Wir liefen noch lange in die Nacht, in eine Nacht, die Licht war; in den Raum, der nicht beengte; ins Licht, das nicht blendete –

wir gingen Hand in Hand.

***

Die schöne Grafentochter auf der Bolkoburg.

Es mag so im 14. Jahrhundert gewesen sein, als die Bolkoburg einem Grafen als Lehen übergeben wurde. Dieser neue Herrscher über Burg und Stadt war ein weithin geachteter Mann, dazu reich und mächtig. Sein größter Schatz aber war seine wunderschöne Tochter. Von weit her kamen Freier geritten und warben um sie. Doch der Graf stellte hohe Forderungen:

„Nur wer mir beweist der **Tapferste**, **Listigste** und **Schlauste** zu sein, der soll meine Tochter zur Frau haben!"

So kamen immerwieder Bewerber auf die Bolkoburg, doch keiner konnte die hohen Erwartungen des Burgherrn erfüllen.

An einem sonnigen Maientag fuhren, knapp hintereinander, zwei Pferdewagen durch die kleine Stadt Bolkenhain, die unterhalb der Burg lag. Jeder transportierte, in eiserne Käfige gesperrt, einen Bären.

Der eine, ein Braunbär, hockte ängstlich in einer Ecke und wagte kaum, seinen Kopf zu heben. Auf dem anderen Wagen dagegen rüttelte ein gewaltiges Tier unablässig an den Eisenstäben. Sein Fell war tiefschwarz, sein Kopf dagegen schneeweiß.

Am Fuß des Berges versuchten die Kutscher, einander zu überholen. Jeder wollte mit dem eigenen Gespann zuerst vor dem Burgtor ankommen. Der Wagen, auf dem der weißköpfige Bär im Käfig verharrte, wurde wohl von stärkeren Pferden gezogen und erreichte deshalb zuerst das Plateau vor dem Eingang zur Bolkoburg.

Angelockt vom Geklapper der Wagenräder, vielmehr aber vom Gebrüll des schwarzen Bären, blickten die Bewohner der Burg neugierig über die Mauer. Sogar der Graf selbst erschien am Tor, um das seltene Ereignis zu betrachten.

Nachdem auch beim zweiten Wagen die Bremsen festgezogen waren, fragte der Graf nach dem Begehr.

Sofort begann der Knappe, dessen Rösser den Anstieg schneller bewältigt hatten, seine erlernte Rede. Obwohl er nur ein gemeiner Kutscher war, mühte er sich, so gut er nur konnte, nach der Schrift zu reden.

„Hochverehrter Herr Graf!

Eim südlicha Eulengebirge, huch über der Neiße, stieht doas wunderscheene Schloss meines Gebieters. Er schickt Euch dieses seltene Exemplar vun eenem Bär, als Gastgeschenk. Nie uff der Welt wurde anderswo een Bär gesehn, dessen Kupp, äh, dessen Kopf schneeweiß, und dessen Kraft jedem anderen überlegen ies. Mit eigener Hand hoat mein Herr dieses sonderbare und überaus wilde Tier mit eenem Netz eigefangn. Es bedurfte großen Muts, doas wilde Tier zu bändigen und in eenen Käfig zu sperren. Mit dieser Tat hoat mein Herr wohl bewiesen, doas er der Tapferste aller Männer ies. Deshalb bittet er, um die Hand Eurer Tochter anhalten zu dürfen."

Während dieser Worte tobte der weißköpfige Bär arg herum. Er schlug mit seinen Pranken gegen die Gitterstangen und schrie wilde Laute. Sogar diejenigen, die hinter den starken Burgmauern standen, wichen ängstlich einen Schritt zurück.

Nun wurde auch der zweite Kutscher befragt. So unterschiedlich seine Worte auch sein mochten, in ihrer Bedeutung waren sie gleich.

Nachdem der Burggraf die beiden Bären in ihren Käfigen genau betrachtet hatte, lockte es ihn, sie gegeneinander kämpfen zu sehen.

„Mit Aufmerksamkeit wollen wir erkunden, welcher Freier den stärkeren dieser Wildlinge eingefangen hat", meinte er frohgelaunt und ordnete an, zum Schutz für alle Bewohner das starke Eisengitter im Eingangstor der Burg herabzulassen.

Schnell drängten alle, die in der Bolkoburg lebten, an die Burgmauer. Jeder wollte dem Kampf der Bären zusehen.

Ganz vorn am herabgelassenen Torgitter stand die schöne Tochter des Grafen, umrahmt von ihren Gespielinnen. Die Spannung wuchs von Minute zu Minute. Dann trat der Graf neben sein Töchterlein, legte wie zum nochmaligen Schutz seinen Arm um ihre Schulter und gab dem Trompeter ein Zeichen. Da ertönte vom hohen Turm herab die Fanfare und gab das Signal zum Öffnen der Käfige.

Der Bär mit dem weißen Kopf brüllte laut auf, sprang sofort vom Wagen herab und stellte sich drohend auf die Hinterbeine. Aufrecht, die Vordertatzen erhoben, ging er auf seinen Kontrahenten zu. Der blieb verwirrt neben seinem Käfig stehen. Seine feine Nase hatte zwei gegensätzliche Gerüche erfasst. Das Fell seines Gegenübers verströmte den Duft des starken Revierbären, dem er schon einmal im Kampf unterlegen war. Daneben zog auch der Geruch eines Menschen in seine Nase. Was konnte das nur bedeuten?

Sein Zögern dauerte aber zu lange.

Blitzschnell sprang der weißköpfige Bär auf ihn zu und schlug ihm die mächtige Pranke mitten auf den Schädel. Wie ein gefällter Baum fiel der Braunbär zu Boden. Bevor aber der nächste Hieb ihn treffen konnte, wälzte sich der Gestürzte geschickt zur Seite und suchte sein Heil in der Flucht.

Brausender Beifall scholl über die Burgmauer.

Den Kopf hin und her wiegend tapste der siegreiche Weißkopfbär nahe vor das eiserne Gitter am Burgtor und richtete sich in seiner ganzen Größe auf. Beide Vordertatzen streckte er nach vorn, es sah aus, als wolle er gleich an den Eisenstäben rütteln ... da entfloh dem Mund der schönen Grafentochter ein Schrei des Entsetzens, stand sie doch in vorderster Reihe.

Als sei er davon erschrocken, trat der Weißkopfbär einige Schritte zurück, duckte sich, und machte sich ganz klein. Dann aber erhob er sich wieder zu seiner vollen Größe – dabei riss die Bärenhaut vom Hals bis zu den Füßen auf und ein Jüngling trat aus ihr heraus. Lachend schüttelte er seine langen blonden Haare und breitete seine Armen weit aus.

„Als Sohn eines Fürsten aus dem südlichen Eulengebirge bitt' ich Euch in aller Ehrerbietung, hoch verehrter Herr Graf, und auch Euch, hochverehrte Frau Gräfin, gebt mir Eure Tochter zur Frau. Ich will ihr stets ein treusorgender Gatte sein."

Es dauerte eine Weile, bis der Graf seine Überraschung überwunden hatte. Mit einem Armzeichen befahl er, das eiserne Torgitter hochzuziehen.

Während dieser langwierigen Prozedur brachte der als Kutscher verkleidete Page des jungen Fürstensohns seinem Gebieter Gurt und Schwert. So standen sich, als das Tor geöffnet war, zwei ehrenvolle Männer gegenüber.

„Wohl an", begann der Graf seine Rede. „**Mut** habt Ihr bewiesen, diesen wilden Bären mit einem Prankenhieb zu vertreiben. Wo aber ist die **Listigkeit** und **Schläue**, die ich zum Maßstab gesetzt habe?"

Auf diese Frage schien der junge Bewerber nur gewartet zu haben.

„**Mut** bewies ich bereits, als ich beide Bären in den dichten Wäldern meiner Heimat eigenhändig mit Netzen einfing.

List, indem ich den einen häuten ließ, um mich in seinem Fell zu verstecken.

Meine **Schläue** erkennt Ihr, hochverehrter Herr Graf, daran, dass ich als doppelter Bewerber vor Euch erschienen bin und damit meinen Sieg von Beginn an sichergestellt wusste."

Da blieb dem Grafen keine andere Wahl. Er streckte dem Jüngling seine Hand entgegen und entschied:

„Nicht nur der **Tapferste** und **Listigste** seid Ihr, sondern wahrlich auch der **Schlauste**. So will ich mein Wort halten – jedoch nur, wenn meine Tochter einverstanden ist."

Da hallte ein lautes, langgezogenes: „JA!" über die Mauern der Bolkoburg bis hinunter in die Stadt.

„Bitte, Herr Vater, Ihn will ich - keinen anderen als diesen."

Kaum hatten die Männer ihren Handschlag beendet, drängte sich die wunderschöne Tochter des Grafen von der Bolkoburg in die Arme des Fürstensohnes aus dem südlichen Eulengebirge.

Noch im Sommer wurde eine prächtige Hochzeit gefeiert. Dazu wurden nicht nur die Bewohner von Bolkenhain eingeladen, sondern auch die Bauern der umliegenden Dörfer. Es wurde gesungen und getanzt und von den angebotenen Speisen und Getränken reichlich genossen. Vor Freude ließen die jungen Bauernburschen immer wieder Bärengeschrei hören, wohl zum Lobe des Bräutigams, aber auch, um den jungen Mägden einen Schreck einzujagen, was sie in die starken Arme ihrer Beschützer trieb.

Schon am anderen Morgen rollten drei prächtig geschmückte Pferdewagen aus der Burg und fuhren gen Süden. Voran fuhren, in einer mit Gold verzierten Kutsche, der junge Fürstensohn und die schöne Tochter des Grafen von der Bolkoburg. Mit seidenen Tüchlein winkten sie den Zurückbleibenden einen Abschiedsgruß.

Wie es den Jungvermählten im Eulengebirge erging, ist dem Erzähler leider nicht bekannt.

***

Oponkel.

Am Rande der kleinen Stadt Striegau lebte in einem Haus, an dem an einigen Ecken schon der Putz herabbröckelte, ein alter Mann. Die Mitbewohner hielten ihn für schrullig, manchmal gar für seltsam. Mag es daran gelegen haben, dass er seine weißen Haare länger trug als andere Leute; sie manchmal mit einer kleinen Schnur zu einem Zöpfchen band; er wusste es nicht und wollte es auch nicht wissen. Redeten die Leute untereinander über ihn, nannten sie ihn nur: „Der Aale".[60]

Dabei klangen ihre Stimmen lieblos und spöttisch, obwohl er keinem etwas Unrechtes getan hatte. Vielleicht störte sie das harte Tock-Tock, das seine Beinprothese erzeugte, wenn sie auf den harten Steinboden des Hausflurs stieß. Oder war es seine Eigenart, nach der Erwiderung eines Grußes weiterzugehen, ohne sich auf lange Gespräche einzulassen? Vielleicht hätten sie gern

---

[60] Der Alte

erfahren, warum oder weshalb er nur noch ein Bein hatte. Wer weiß schon, was in den Köpfen der Nachbarn so vor sich geht?

Dem alten Mann war es gleich.

Er ging jeden Tag in den nahen Park. Das tägliche Laufen, auch wenn es ihm schwerfiel, tat ihm gut, die frische Luft stärkte seine Lungen. Außerdem wurde er im Stadtpark erwartet.

Es war kurz vor Weihnachten. Noch fehlte der Schnee, es war aber schon sehr kalt. Der Alte vermisste die Wärme, die er für eines der wertvollsten Gefühle im Leben eines Menschen hielt.

Als er an diesem nebelverhangenen Tag in den Park kam, saß ein kleines Mädchen auf seinem angestammten Platz. Zögernd trat er näher und fragte, ob er sich zu ihm setzen dürfe. Ungläubig und auch ein wenig erstaunt blickte das Kind zu ihm auf.

„Weeßte, es mecht vielleicht sein, doass dir deine Mutter verboten hoat, mit eenem fremden Moann zu reden. Weil se oalle glooben, die aala Männer sein oalle een bisserle Plemplem und kinnta vielleicht eenem kleenen …"

„Ich hoab keene Mutter nich", unterbrach das Mädchen den Redefluss des Alten.

„Woas? Du hoast keene Mutter nich?"

Vor Schreck über diese Antwort vergaß der Alte, sich hinzusetzen.

„Und damit du's gleich weeßt: ooch keenen Vater nich", fügte das Mädchen hinzu, zog ihr Kinn ganz eng an die Brust und versteckte es zwischen den Spitzen des Mantelkragens.

Kaum hatte sich der Alte gesetzt, hüpften Sperlinge und Meisen ungeduldig näher. Tauben kamen im langen Gleitflug bis dicht vor die Parkbank. Obwohl er hier täglich um diese Stunde seine Vögel fütterte, zog er vorerst keine Brotkrumen aus der Hosentasche; zu sehr bannte ihn das Mädchen.

„Wenn de keene Eltern nich hoast, bei wem wohnste denn dann?"

„Bei eener Frau."

„Na und? Ies es bei der … nich scheen? Ies se nich gutt zu dir?"

„Nu ja, wie's halt asu ies. Sie will immer, doass ich Mutter zu ihr soagen tu. Aber sie ies nich meine Mutter, drum darf ich ooch nich Mutter zu ihr soagn."

„Und warum darfste doas nich?"

„Sie hoat ooch gesoagt, ich darf nich lügen. Und wenn ich nich lügen sull, dann derf ich ooch nich Mutter zu ihr soagn."

„Wenn sie dich aber liebt, wie eene Mutter?"

„Lieben, wie eene Mutter?"

Der Alte brummelte unverständliche Worte vor sich hin und wiegte seinen weißhaarigen Kopf, als müsse er über die Worte des Mädchens nachdenken. Inzwischen begann ein Spatz voller Ungeduld an seine Fußsohle zu picken, der Alte ließ sich jedoch nicht ablenken und hauchte dabei in seinen Bart:

„Aber een Mensch braucht doch Liebe ..."

Das kleine Mädchen besaß ein scharfes Gehör und einen hellen Verstand, sie stellte deshalb die Gegenfrage:

„Und wer liebt dich?"

Der alte Mann zuckte vor Schreck zusammen, dass die Vögel, die schon in Erwartung ihres Futters versammelt rund um seine Füße saßen, erschreckt aufflatterten. Sie flogen aber nicht weit und kehrten schnell wieder zurück.

„Mich? Wer mich liebt?"

Der Alte wusste nicht so recht, was er antworten sollte. Zaghaft hob er seine rechte Schulter an, doch im gleichen Moment kam ein Schwarm laut piepsender Spatzen angeflogen; einer landete auf seiner linken Hand, die anderen setzten sich auf seine langausgestreckten Beine.

„Wer mit lieben tutt, willste wissen? Ich gloob, bei mir konnste die Antwort sahn!"

Vorsichtig schob er die rechte Hand in seine Manteltasche und kramte ein paar Brotkrümel hervor. Sofort schwirrten die Spatzen und Meisen um ihn herum, krallten sich am Mantel fest, sprangen von dort auf seine Hände und holten sich ihren Anteil.

„Du hoast recht", sagte das Mädchen. „Bei dir sieht ma glei, wer dich lieben tutt, die Vögel."

Die Spatzen schrillten laut herum, als hätten sie seine Worte verstanden und wollten ihre Zustimmung kundtun. Für den Alten schien es die schönste Musik zu sein, die er sich nur vorstellen konnte. Jetzt wagten sich auch einige Amseln nahe vor die Füße, und mehrere mit dem Kopf nickende Tauben näherten sich der Bank.

„Oalle kummen bloßig nur zu dir. Zu mir kummt keene", flüsterte das Mädchen leise, es wollte ja die Vögel nicht erschrecken.

„Ooch weeßte, Madel, doa gibt es bestimmt jemand, der dich lieben tutt. Wenn du schun keene Eltern nich haben tust, dann liebt dich vielleicht een Opa oder eene Oma? Oder een Onkel?"

Das Mädchen bewegte den gesenkten Kopf hin und her.

„Hoast du ooch nich."

Der Alte scheuchte die Vögel weg, als schäme er sich, von so vielen, ihn liebenden Lebewesen umschwirrt zu werden.

„Nu soag amol, doas ies ja ganz schlimm mit dir. Suwoas gibt's doch goarnichte nich. Wenn ichs asu bedenken tu, dein Vatel oder goar deine Muttel, die koann ich ja nich sein. Aber suwoas[61] wie een Opa, doas

---

[61] so etwas

kennte ich schun sein. Oder een Onkel...", er dehnte seine Worte in die Länge. „Oaber mir dürfen ja oalle beede nicht lügen. Dann darfste ooch nich Opa und ooch nich Onkel zu mir sagen."

Das Mädchen hob den Kopf und blickte dem alten Mann in die Augen.

„Hoast du eenen Namen?"

„Eenen Namen? Ob ich eenen Namen hab?"

Ein müdes Lächeln quälte sich in das Gesicht des alten Mannes.

„Sicherlich hoab' ich eenmal eenen Namen gehoabt. Oaber weeßte, mich hoat schun lange keener mehr mit meinem Namen angeredt, doa hoab ich ihn ganz und goar vergessen."

Nach diesem langen Wortwechsel saßen der alte Mann und das kleine Mädchen lange Zeit schweigend nebeneinander. Beide spürten ihre Zuneigung zu einander. Zu gern hätte der Alte seinen Arm um die Schultern des Mädchens gelegt, er fürchtete aber, Leute könnte es sehen und Schlechtes von ihm denken. So sagte er nach einer Weile:

„Aber ... du werscht doch täglich angeredt, ei derr Schule und ooch bei der Frau, bei der de wohnst; also hoaste ooch eenen Namen."

„Na kloar hoab ich eenen. Ich heeße Liliana." Schnell fügte sie aber noch hinzu: „Oaber olle nenna mich immer blußig Lili. Weil se zu faul sein, meinen Namen richtig auszusprecha."

„Ich werd immer nur Liliana zu dir sagen."

„Versprochen?"

„Versprochen!"

Der Alte hob seine rechte Hand zuerst in die Höhe, dann drückte er sie an sein Herz.

„Biste munne ooch wieder hier?"

„Nu freilich, ich bin hier, jeden Tag, wenns nich allzu wilde tretscht[62]." Er zeigte auf die Vögel vor seinen Füßen. „Guck ock, wie se uff mich warten tun. Do derf ich se doch nich warten lassen."

Bedächtig fingerte er aus seiner Manteltasche neue Brotkrumen. Einige warf er auf den Weg, damit auch die auf und ab stolzierenden Tauben und die schnell hin und

---

[62] stark regnet

her huschenden Amseln etwas aufpicken konnten. Spatzen und Meisen fraßen aus seiner Hand.

Lange sahen der alte Mann und das Mädchen den Tieren zu, lachten über deren hastiges Picken und fanden es lustig, wie die Vögel immer wieder ihre Köpfe auf die Seite legten und so bettelnd nach oben blickten.

Plötzlich schaute Liliana dem weißhaarigen Mann in die Augen und lächelte.

„Jetzt weeß ich eenen Namen für dich."

„Eenen Namen für mich? Doa bin ich aber gespannt, wie ich bei dir heeßen sull."

„Deinen richtiga Namen haste vergessen, hoaste gesoagt. Du hoast ooch gesoagt, du kenntest eigentlich mei Opa sein, oder mei Onkel. Weil ich aber nicht lügen darf, koann ich ooch nich Opa oder Onkel zu dir sagen. Oaber weeßte … nee, doas weeßte nich: ich koann nämlich zaubern! Ich zaubere dir eenen neuen Namen."

„Du kannst zaubern? Doas mecht ich goar nich glooben nich?"

„Nu poass amol uff."

Das Mädchen zog ein sauberes Taschentuch aus der Manteltasche und breitete es über ihre Beine. Dann griff sie zuerst mit der rechten Hand in die Luft, danach mit der linken. Das Imaginäre, das sie eingefangen hatte, legte sie ins Tuch und packte es darin ein.

„Hoastes gesahn, woas ich gefanga hoab? Nee? Es woarn die zwee Wörter, die noch ei der Luft hinga, weil mer se groad ausgesprochen ham: Opa heeßt doas eene und Onkel doas andere. Nu stecken die beeden in meinem Zaubertuch …", - sie legte alle Ecken des Taschentuchs in die Mitte und hob das kleine Säcklein, das daraus entstanden war, in die Höhe und wirbelte es im Kreis. Nu foahr ich mit meinem Zauberstab drüber …" -

ihr langausgestreckter Zeigefinger umkreiste das Bündel, dazu sagte sie dreimal: „Simsalabim! Glei erscheint dei neuer Name."

Erwartungsvoll schaute der Alte dem Mädchen zu.

„Doa guck mer mal, wie ich wull heeßen tu?"

„Doas ies doch ganz einfach. Die beeden Wörter Opa und Onkel hoab ich miteinder vermischt und woas ies daraus gewurden: Oponkel!"

„Oponkel? Oh ja. Gutt hoaste gezaubert. Aber du hoast beim Zaubern woas verlorn."

„Woas denn?"

„Doas **a** vum Opa hoaste verlorn."

„Doas ies asu beim Zaubern. Wenn oalles durcheinandergewirbelt wird, bleibt nich oalles heile."

Der nun Oponkel getaufte alte Mann blickte erstaunt auf das Kind. Woher wusste es das? Kann ein Kind schon so viel Lebenserfahrung besitzen? Was musste es alles schon erlebt haben?

„Wenn se keene Eltern mehr hoat und ooch keene Großeltern nich, doa ies se ooch schun ganz scheen durcheinandergewirbelt worn", brummelte der Alte vor sich hin. „Es ies haalt amol asu: Wo gehobelt wird, da foalln ooch Späne!"

Das Mädchen, das jedes noch so leise gesprochene Wort verstanden hatte, erwiderte schnell: „Genau asu ies es beim Zaubern ooch. Doas Aale gieht verlorn, und doas Neue entstieht."

„Bist een richtig schlaues Madel. Jetze hoast du mir eenen neuen Namen gegeben — und woas kann ich dir geben? Nu bin ich dir ja woas schuldig."

Neugierig blickte das Mädchen ihren Oponkel an.

„Willste ooch zaubern?"

„Meenste, ich kann das ooch?"

„Wenn des willst, dann koannstes ooch."

„Ach, weeßte, ich bin een aaler Moann... „

„Doas zählt nich. Zaubern koann a jeder. "

Oponkel fuhr sich über die weißen Haare, die ihm locker bis über die Schultern fielen. „Nee, nee. Zaubern, doas ies nischt fier mich. Oaber vielleicht konn ich dir eenen Wunsch erfülln?"

„Mir eenen Wunsch erfülln?" Das Mädchen lachte. „Doas hoat doch nischt mit Zauberei zu tun. Eenen Wunsch hätt ich schun, oaber wennste mir den erfüllen willst, müssteste[63] doch zaubern könn."

---

[63] müsstest du

„Doas muss oaber een besonderer Wunsch sein. Verroatste[64] ihn mir?"

Der alte Mann drehte sich dem Mädchen zu und blickte es erwartungsvoll an. Liliane zögerte, dem Oponkel ihren großen Wunsch zu verraten. Dann tat sie es aber doch.

„Ich möchte asu gerne ... een Vogel sein."

„Een Vogel?"

Der Alte erschrak und fragte sich, ob das Mädchen Hunger leide. Es schien aber Oponkels Gedanken zu erahnen und fügte gleich hinzu:

„Keene Angst nich, mich brauchste nich zu füttern. Zu assa[65] hoab ich genug, oaber wenn ich asu seh, wie du die Vögel ..."

Nun wusste er es: das Mädchen sehnte sich nach Zuneigung, sehnt sich, geliebt zu werden. Er streckte ihm seine offene Hand entgegen. Bevor Spatzen und Meisen heranfliegen konnten, grub Liliana ihre Kinderhand fest in die warme Höhlung, die sich schnell schloss. Wie ein

---

[64] verrätst du ihn mir

[65] essen

Strom floss Wärme von einer Hand in die andere. Als der Alte aber bemerkte, wie vorbeigehende Menschen argwöhnisch herüberblickten, legte er die Hand des Mädchens zurück auf die Bank.

„Wenn de werklich een kleener Vogel wärst, wirdste[66] dann ooch täglich zu mir hierherkummen?"

„Täglich vielleicht nich. Doas würde daheeme ufffalln."[67]

Der Alte atmete zufrieden. Liliana hatte von daheim gesprochen. Sie besaß also ein Nest, wenn es auch ein Nest ohne Wärme sein mochte.

„Dreimoal ei der Wuche hoammer[68] ei der Schule Turnen. Ei der letzta Stunde spieln mer immer Völkerball. Wer oabgeschossen werd, der darf heemgiehn.[69] Doa mach ichs einfach asu und loass mich immer gleich oabschießn, doass merkt dann keener nich."

---

[66] würdest du

[67] auffallen

[68] haben wir

[69] heimgehen

Liliana legte erneut ihre Hand in die des alten Mannes und blickte ihn mit strahlenden Augen an, sprang dann aber so plötzlich auf, dass alle ungeduldig wartenden Vögel auseinanderstoben.

„Jetze muss ich heem, sunst krieg ich Schimpfe."

„Koann ich dir woas mitgeben?"

„Doas hoaste schun."

„Woas denn?"

„Doas weeßte schun selber."

Liliana hüpfte auf einem Bein mitten durch die aufgescheuchte Vogelschar.

Von da an trafen sich Liliane und ihr Oponkel immer wieder im Park auf der alten Bank. Sie redeten miteinander und freuen sich an den Vögeln, deren Schar von Woche zu Woche immer größer zu werden schien.

Eines Tages wartete Liliane vergebens.

Weil sie aber inzwischen wusste, in welchem Haus ihr Oponkel wohnte, fragte sie dort nach.

„Der Aale – der wohnt nimmer hier; ar wohnt jetze uffm Friedhof."

Nur mit Mühe konnte Liliane ihre Tränen unterdrücken. Sie bedankte sich höflich für die Auskunft und eilte dorthin. Auf einem frischen Grab steckte ein namenloses Holzkreuz.

Am nächsten Tag verkaufte sie in der Schule ihre bunten Haarschleifen und erklärte, ab sofort wolle sie keine Zöpfe mehr tragen. Für das Geld kaufte sie schwarze Farbe und einen Pinsel. In großen Buchstabenmalte sie auf das Kreuz: OPONKEL und DANKE.

Die Geschichte vom armen Hans.

Ein großer Krieg war über Schlesien gezogen und hatte vieles zerstört. Die Städte lagen in Trümmern, ungezählte Menschen waren durch Bomben und Granaten ums Leben gekommen. Als wäre das alles noch nicht genug des bitteren Geschehens, jagten die Sieger die Geschlagenen aus ihrem angestammten Land, trieben sie hinter einen Fluss und brachen alle Brücken ab.

Inmitten des traurigen Zuges verzweifelter Menschen war auch der arme Hans. Seine Vorstellungen von dem, was man gemeinhin das Leben nannte, waren noch unausgegoren. Kindliche Träume waren es bislang nur, aber auch diese zerplatzten auf dem langen Weg in die Fremde.

So strandete er in einer bitterkalten Nacht an einem, ihm völlig fremden Ort. Der Schnee lag festgefroren, doch ihm war, als spüre er bei jedem Schritt in diesem fremden Land Mahlsand unter seinen Füßen.

Einzig und allein erfreute eine zarte Blume sein Herz, ein Geschöpf voller Anmut und Liebreiz. In ihr lebte der

Zauber der gemeinsamen Kindheit, ihre Stimme trug den Klang der Heimat, aus dem sie nun beide vertrieben waren.

Durch sie wuchs im trostlosen Leben des heranwachsenden Knaben ein erster Keim von Hoffnung, von Glaube – und von Liebe.

Eines Tages fragte sich Hans:

„Wenn sie alt genug ist, werde ich um sie werben. Aber wer und was bin ich schon, dass ich sie gewinnen kann?"

Was er bisher erreicht hatte, war ihm zu wenig, um vor dem lieblichen Wesen zu bestehen. Hinaus in die weite Welt wollte er ziehen, das Glück suchen, von dem er hoffte, auch für ihn liege es irgendwo verborgen. Drei oder vier Jahre müssten genügen, um auszureifen, so glaubte er, und das galt für beide.

So bestieg er ein Schiff und fuhr weit übers Meer in ein fernes Land. Nachts wölbte sich ein anderer Sternenhimmel über ihm, tags zog die Sonne eine andere Bahn. Das Leben war voll neuer Farben und fremder

Stimmen. Prächtige Blumen blühten rings um ihn her, betörten ihn mit ihrem fremdländischen Duft – in seinem Inneren wusste er aber eine Blüte, wie sie für ihn nicht schöner sein konnte.

So verging die Zeit.

Eines Tages kam ein Brief.

Obwohl er keinen schwarzen Rand trug, verkündete er Trauriges.

„Ich habe einen Freund …"

Eilig verkaufte Hans alles, was er inzwischen erworben hatte und eilte zum nächsten Schiff. Länger als zwei Wochen dauerte die Heimreise. Obwohl Hans stetig am Bug stand, voller Ungeduld auf das Wiedersehen, kam das Schiff dem ersehnten Land nicht schnell genug näher. Sechzehn Tage auf hoher See, die sich ausdehnten, als gehörten sie in ein anderes Leben.

Endlich erreichte das Schiff den Hafen. Kälte schlug Hans ins Gesicht, doch noch immer war er nicht am Ziel. Erst als sich der Zug dampfend und stampfend über hohe, schneebedeckte Berge quälte, begann Hans zu frohlocken – doch das Rattern und Stoßen der Räder fand Widerhall in seinem Herzen, bohrte und zerrte an seinem Glauben an sich selbst und malte ihm gar, je näher er seinem Ziel kam, Schreckgespenster vor sein geistiges Auge. Je näher er der Stadt kam, die er in vielen langen Träumen herbeigesehnt hatte, umso stärker spürte er die Furcht vor den nächsten Stunden.

Er wünschte, es wäre neblig und alles wäre eingehüllt, wie in graue Tücher. Als der Zug in den Bahnhof einfuhr, kam die Sonne hervor und mühte sich, dem letzten matschigen Schnee ein Glitzern zu verleihen. Das wusste er nicht zu deuten.

Sie wünschte sich weit weg, doch sie blieb und starrte dem Zug, der direkt aus der tief stehenden Sonne kam, mit unstetem Blick entgegen. Sie fror.

Ein lauter Pfiff. Bremsen kreischten. Türen öffneten sich. Lautsprecher krächzten wirre Worte. Passagiere stiegen aus, umarmten sich, wurden zum Knäuel.

Sie, die abseits stand, rührte sich nicht. Sie wollte nicht suchen, wollte am liebsten auch nicht gefunden werden. Mit einer Schulter lehnte sie an einem Mast, als könnte er ihr Halt geben. Sie rührte sich nicht. Die Kraft der Wintersonne war zu schwach, sie zu erwärmen, auch nicht, ein Lächeln in ihr Gesicht zu locken.

„Durt kummt er", sagte sie dann leise zu sich selbst.

Trotz des riesigen Ledermantels, den er trug, war zu erkennen, dass er weit aus dem warmen Süden kam. Dünne Lederschuhe und braungebrannte Gesichtszüge verrieten die Wärme, die jenseits des Äquators liegen musste.

„Ar sucht ieberhaupt nich nach mer", ging es ihr durch den Kopf, „ar müsste doch nach mir suchen."

Der Schaffner reichte ihm zwei große Koffer aus dem Abteil. Ohne Eile hob er sie auf, ihre Schwere zerrte an seinen Schultern. Seine Blicke hafteten auf dem Boden. Mit langsamen Schritten näherte er sich dem Pfeiler, hinter dem sie stand. Sie rührte sich noch immer nicht. Die Kälte kroch durch ihre Pelzstiefel bis hoch an ihr Herz. Kurz vor ihren Füßen setzte er wie zufällig die

Koffer ab und hob seinen Blick. Sie sahen sich, sahen sich an, als seien sie Jäger und Reh, die sich überraschend gegenüberstanden.

Zuerst schwiegen sie, bis er sagte:

„Nu, doa bin ich. Endlich."

Sie mühte sich zu schlucken.

„Ja ... herzlich willkommen!", sagte sie leise, als sei lautes Reden auf dem Bahnhof verboten. Er streckte ihr seine Hand entgegen. Zögernd zog sie ihre in gefütterten Handschuhen steckenden Hände aus der Manteltasche.

„Frierste nich?", fragte sie, als sie seine nackten Hände berührte.

„Noch nich", antwortete er, was sie nicht verstand.

Ein Gepäckträger bot ihm Hilfe, fand aber keine Beachtung.

„Wo willste denn jetze hie?"

Wieder diese leisen Töne.

Er hob nur seine Schultern, wusste keine Antwort. Ihr nächster Satz klang wie auswendig gelernt.

„Ei zwee Stunden muss ich wieder eim Kinderheim sein, zum Dienst; mehr hoan se mer nich frei gegaan."[70]

„Zwee Stunden bloßig?"

Sie nickte mit dem Kopf und schob mit ihrer Stiefelspitze einen angefrorenen Schneeball zur Seite.

„Mehr Zeit brauch mer wull ooch nich, du weeßt doch oalles. Ich hoas dir geschriebn."

„Nu ja, nu nee…", mehr wusste er nicht zu sagen.

„Du warscht lange furt. Und wies asu woar, hoab ich dir's glei geschriebn."

„Keene vier Jahre war ich furt. Wie ichs versprochen hoab." Der kalte Wind verwehte die Worte. „Keene vier Jahre … und jetzte um die hoalbe Welt gereest … für zwee Stunden?"

Der abfahrende Zug hüllte sie in eine weiße Wolke. Er hob seine Koffer an und trug sie in die große Bahnhofshalle. Sie folgte ihm in großem Abstand. Die Wärme der Halle zauberte ein erstes Lächeln in ihr Gesicht. Als er es sah, frohlockte er.

---

[70] mehr haben sie mir nicht freigegeben

„Weeßte, wie sich doas oanfielt?[71] Baale vier lange Jahre hoab ich uff diesen Augenblick gewartt. Tag und Nacht vun ihm getraamt. Und zu gutter Letzt bin ich drei Wuchen immer vurne am Bug gestanden, weil ich geducht hoab, asu giehts schneller ... blußig Wasser und Himmel ... Wasser und Himmel ... bis endlich doas Land kam."

Er brach ab, als hätten ihn die vielen Worte erschöpft. Zögerlich suchte er ihren Blick.

„Und jetzte bin ich da. Alles, woas ich herbeigesehnt hab, een Jahr ums andere ... nu stiehts vor mer.[72] Du."

Seine herabhängenden Arme hoben sich leicht gegen das Mädchen, seine Hände öffneten sich.

„Woas meenste, ies es wirklich zu spät ... fier ins?"[73]

Rehbraune Augen blickten ihn an, und ihm war, er müsse sie jetzt in den Arm nehmen, dem fröstelnden Spuk ein Ende bereiten, müsse sein frierendes Gesicht in ihr Haar drängen, ihren Duft kosten; müsse wie früher

---

[71] anfühlt

[72] nun steht es vor mir

[73] für uns

ihre Lippen suchen. Er wagte es nicht. Ihr Blick wurde unruhig, irrte durch die Halle, als suche er einen Halt.

„Ich hoas dir geschriebn."

Vier Worte nur, immer die gleichen, aber sie brachten die späte Erkenntnis. Die wärmende Vorfreude während der langen Reise stürzte wie Quecksilber in eiskalte Tiefen. Schüttelfrost ließ ihn zittern.

„Du frierst …"

„Nu ja, wie ich eis Schiff gestiegen bin, in Santos, do woars Thermometer uff zweeundvierzig Grad, eim Schatten. Und hier seins wohl um die zwanzig Grad unter Null. Aber doas interessiert mich nich. Wichtig ies woas ganz Anderes: Meenste, es ies … wirklich … unabänderlich?"

„Ich hoas dir geschrieben."

Wieder die gleichen Worte, als fürchte sie, sonst etwas Falsches zu sagen.

„Geschrieben, geschrieben. Jetzte stieh ich vor derr.[74] Jetze konnstes mir eis Gesichte soagen, wenns werklich asu ies."

---

[74] vor dir

Ihr Kopf bewegte sich unmerklich.

„Mir ies kalt", murmelte sie und vergrub ihre Hände in den Manteltaschen.

„Ies ar ooch hier?"[75]

Sie nickte und deutete mit dem Kopf zum Zeitungskiosk.

„Warum kummt ar nich har?"

„Ar wullte nich."

Enttäuscht wollte er sich auf seinen großen Überseekoffer setzen, gab sich aber schnell wieder einen Ruck.

„Ich hoatte mich su uff inser Wiedersehen…"

Beiden war plötzlich, als griffen die langen Arme eines Kraken nach ihren Hälsen und schnürten ihnen die Kehlen zu. Erst nach einer unendlichen lang erscheinenden Zeit wagte sie zu sagen:

„… und jetzte? Biste biese uff mich?"[76]

---

[75] Ist er auch hier?

[76] bist du böse auf mich?

Langsam bewegte er seinen Kopf hin und her.

„Ich gloob, jetzte sein sogar zwee Stunden zu lang für ins."

Enttäuscht setzte er sich nun doch auf seinen Koffer und rieb sich die kalten Hände. Seine Stimme verebbte, als spräche er zu sich selbst:

„Nee, doas derfste nich glooben. Ich bin derr nich biese und ich hass' dich ooch nich. Ich liebe dich. Wer eenen Menschen wirklich liebt, der wünscht, doass ar glicklich wird. Meenste, du werscht glicklich sein … mit dem doa?"

Sie schippte eine Zigarettenkippe, die zwischen ihren Schuhen lag, weg, ohne zu antworten. Der am Kiosk stand, faltete seine Zeitung geräuschvoll zusammen und betrachtete lange seine Armbanduhr. Ihr unruhiger Blick huschte hin und her.

„Loass gutt sein", bat sie mit einem Gesicht voller Hilflosigkeit. „Du werscht schun eene neue Liebe finden. Ich wünsch derrsch, oalles Gutte."

Er erhob sich vom Koffer, blickte in ihre Augen und gab ihr zur Antwort:

„Damit du's weeßt: Die greeßte Blüte, dies uff der Welt gibt, die blüht nur een eenziges Mal."

Das Mädchen senkte ihren Blick und ging hinüber zum Zeitungskiosk. Drei Schritte lang blickte er ihr nach, dann wandte er sich um. In den Armen des anderen Mannes wollte er sie nicht sehen.

Er war zu spät gekommen.

Die Blume, nach der er sich gesehnt hatte, so schien es ihm, war längst gepflügt.

Noch lange saß er auf seinem Koffer und sann nach über sein Leben … und auf einmal fiel ihm eine Geschichte ein, die er schon als Kind nie richtig verstanden hatte. In ihr wurde von einem Mann erzählt, der alles verloren hat; trotzdem nannten sie ihn den Hans im Glück.

***

Die Treibjagd.

„Giehste miet?"[77]

Ob auf dem Weg zur Schule, im Pausenhof, manchmal sogar geflüstert von Bank zu Bank während des Unterrichts, immer die gleiche Frage:

„Giehste ooch miet?"

„Ich weeß es noch nich", war die häufigste Antwort, die zu hören war. Keiner wollte sich so recht entscheiden.

Seit Tagen war es im Dorf in aller Munde:

Der Cunnert-Müller, dem die Getreide-Mühle gehörte, deren großer Siloturm bis in die Nachbardörfer sichtbar war, hatte viele so genannte Hohe Herren zur Jagd geladen. Nun wurden Kinder als Treiber gesucht, die den Schützen die Hasen und Füchse vor die Flinte hetzen sollten. Fünf Groschen waren als Lohn versprochen, dazu nach der Jagd heiße Erbsensuppe mit einer dicken Knoblauchwurst.

„Die Waschtla[78] sein vum Riemer-Metzger …"

---

[77] Gehst du mit?

„… weeß ich, die sein schun woas gutts …"

„… oaber fier die Treiber macht ar die Wüschtel immer viel kleener als fier die Jäger, der aale Haderlump."

Weil jeder wusste, wie gut die Würste vom Riemer-Metzger schmeckten, hätte uns Jungen die Teilnahme an der Treibjagd schon gereizt. Aber vorher stundenlang über die Stoppelfelder latschen oder durchs Gestrüpp kriechen, weil sich die schlauen Hasen dort am liebsten versteckten? Ein jeder wusste, das konnte sehr anstrengend werden.

„Ich hoa keene Schuhe nich, und barbs[79] über die Stuppeln vom Hafer zu loofen, doas macht keenen Spaß nich."

„Blußig, weil die Huha Herrn ihr Vergniegen am Tuutschießa hoan,[80] sulln mer ihna die Häsla vor die Flinte treiben?"

---

[78] Würste

[79] barfuß

[80] Ihr Vergnügen am Totschießen haben

So oder ähnlich klangen die Ausreden, doch am Schluss trugen sich alle in die ausgelegte Liste ein und waren pünktlich am vereinbarten Ort.

Treffpunkt war das Feuerwehrdepot, wie unser kleines Spritzenhaus großzügig genannt wurde. Jeder hatte einen langen Stecken dabei, an manchen hingen sogar bunte Stoffbänder.
„Willste wull zum Summersinga giehn?", wurde dann spöttisch gefragt.
„Mir gieht keener durch die Lappen nich!", kam dann als Antwort zurück. Besonders stolz waren diejenigen Jungen, die einen alten Marmeladeneimer oder einen Blechtopf als Lärminstrument unterm Arm trugen.
„Woas gloobste, wie se hopsa wern,[81] wenn ich uff meine Trommel hau!"

Die Wiese ringsum war sorgfältig gemäht, dort sollten nach der Jagd die toten Hasen und Füchse für jeden gut sichtbar in Reih und Glied ausgelegt werden. Etwas

---

[81] Was glaubst du, wie sie hopsen werden

entfernt vom Feuerwehrdepot formten einige Männer aus gespaltenem Langholz eine etwa mannshohe Pyramide.

Bevor aber ans Lagerfeuer und die Erbsensuppe gedacht werden konnte, begann das, was wir Kinder als „durch die Botanik laatschen" bezeichneten. Während wir Treiber in zwei Gruppen eingeteilt wurden, stiegen die Herren Jäger auf mehrere Kutschwagen. Die „Huha Herrn" wurden zu ihren Schusspositionen gefahren, während wir wie die Gänse in einer langen Reihe hintereinanderher laufen mussten. Ich hatte mich der Gruppe angeschlossen, die in Richtung der Kiefernberge marschierte. Das hatte auch einen ganz einfachen Grund. Wir würden auf unserem Weg dicht an den Schrebergärten vorbeilaufen. Einer dieser Gärten gehörte meinem Opa. Sollte mir schon nach den ersten Metern die Lust am Treiberspielen vergangen sein, könnte ich über den Zaun hüpfen und mich in Opas Laube verstecken. Taktisch denken nannte ich das.

Dann bin ich aber doch weiter mitgegangen. Mich wochenlang von den anderen als Feigling bezeichnen zu lassen, dazu hatte ich schon gar keine Lust.

„Haalt!", rief plötzlich einer der Männer. „Passt genau uff! Jetze mach mer den erschten Kreis. Ich gieh vunneweg und ihr kummt hinger mir haar.[82] Zuerschte hält een jeder eenen Abstand von, ich mecht saagn, vun su etwa zehn oder fuffzehn Metern. Und immer scheen mit dem Stecka rumwedeln und ooch schreia, doamit die Häsla uffgeschreckt wern. Und wer vun eich eenen aalen Blechtupp[83] dabei hoat, immer feste druffkloppen, damits richtig scheppern tutt."

Kaum hatte einer der Männer seine Rede beendet, rief ein anderer:

„Oaber erschte Krach macha, wenn der Kreis geschlossen ies. Und immer scheen ei der Reihe bleim, damit keener vun euch eis Schussfeld vun die Jäger kummt. Hoabt irsch oalle gehiert?"[84]

Ohne dem Frager eine Antwort zu geben, liefen die ersten los.

„Du giehst zu schnell!"

---

[82] Ich gehe vornweg und ihr kommt hinter mir her
[83] Blechtopf
[84] Habt ihr es alle gehört?

„Doas sein doch keene fuffzehn Meter Abstand nich!"

„Ich hoa blußig een kurzes Steckla, doa derf der Abstand nich asu gruuß sein."

Es dauerte eine Weile, bis alle ihren Platz gefunden hatten. Über uns zog ein Bussard seine Kreise. „Der ies schlau", dachte ich mir; „der weeß, doas von uns ooch viele Mäusla uffgescheucht wern; vielleicht goar een Wiesel. Doas mecht ihm gutt schmecka."

Zu gern hätte ich zugeschaut, wie der Greifvogel zum Sturzflug ansetzt, bin aber, vor lauter in die Luft starren, gestolpert und hingefallen. Das will ich hier aber gar nicht erwähnen. Schlimmer war das, was wir das Laatschen nannten. Laufen, laufen, laufen. (Vielleicht hätte ich mich doch in Opas Laube verstecken sollen.)

Endlich kam vom Nonnenbusch her die andere Treibergruppe in Sicht. Kaum war der Kreis geschlossen, blies ein Jagdhorn:

„Hört alle her! Treiber geht langsam voran!"

Wir Jungen kannten alle Jagdsignale auswendig und wussten, was danach zu tun war. Schon fielen die ersten

Schüsse. Solange der Kreis noch sehr groß war, schossen die Jäger in den Kreis hinein.

Plötzlich passierte etwas, was ich bis zum heutigen Tag nicht vergessen habe. Da kam doch ein besonders großer Hase aus der Mitte des Kreises direkt auf mich zu gelaufen. Sein weißes Fell hob ihn deutlich von der braunen Erde ab. Er schien zu spüren, dass das Wedeln mit den Stecken, die Schreie der Treiber und der fürchterliche Lärm, der durch die Schläge auf die alten Blechbüchsen erzeugt wurde, ihm galten. In seiner panischen Angst stoppte er kurz seinen Lauf, vollführte mehrere Luftsprünge und rannte dann wieder los. Schlug Haken auf Haken, lief im Zickzack zurück in den Kreis, wendete erneut und versuchte zwischen mir und dem in meiner Nähe stehenden Jäger durchzubrechen. Da krachte der Schuss. Getroffen! Der Hase überschlug sich, schlug drei Purzelbäume und blieb genau zwischen meinen Beinen liegen. Hellrotes Blut spritzte an meinen nackten Beinen hoch. Erstarrt blieb ich stehen, wagte mich nicht zu rühren. Wäre ich nur in Opas Gartenlaube geblieben!, schoss es mir erneut durch den Kopf. Bevor ich mich von meinem Schreck erholt hatte, kam der Wiesner Harry, packte den weißen Hasen an den Hinterläufen, hob ihn in die Höhe und schlug ihm mit seinem Stecken kräftig ins Genick.

„Ich hoab den Scheensten!"[85], rief er und warf ihn über die Schulter.

Da ertönte das Signal:

„Treiber rein, Treiber rein, Schützen dreht euch um!"

Von nun an warteten die Schützen, bis das Wild aus dem Kreis ausbrach, um dann die Schrotkugeln den Flüchtenden von hinten ins Fell zu brennen. War ein Hase getroffen, lief einer der Treiben schnell dorthin, wo das Opfer endlich liegen blieb, band die hinteren Läufe mit einem Bändel zusammen, steckte seinen Treiberstecken durch die Öse und trug das tote Tier geschultert stolz hinter der Meute her.

Drei große Kessel - das waren jedes Mal unendlich lange Wege - haben wir auf den abgeernteten Feldern bilden müssen. Nach jedem wurde die Jagdbeute von

---

[85] Ich habe den Schönsten

einem Pferdewagen eingesammelt und zum Feuerwehrdepot gefahren.

Kurz vor dem Ende der Jagd, im dritten Kessel, als alle schon an die Erbsensuppe und die Knoblauchwürste dachten, geschah etwas, was mich bis heute mit Stolz erfüllt. Der Kreis war schon dicht, die Jäger schossen nach außen, also hinter den fliehenden Hasen her.

Zwei Hasen, die zwischen den Treibern durchgebrochen waren, liefen im Zickzack davon, schlugen Haken auf Haken. Die Jäger wussten gar nicht so recht, wohin sie mit ihren Flinten zielen sollten. In ihrer Angst sprangen die Hasen über ein Wasserloch. Weil jeder von ihnen aber im gleichen Moment in die andere Richtung wollte, stießen sie in der Luft zusammen und plumpsten beide ins Wasser. Mit lautem Gebrüll liefen die beiden nächststehenden Treiber dorthin.

„Nich uff uns schießen!", schrien sie in ihrer Erregung. „Mir macha jetz eenen Fischzug, wies noch nie eenen gegeben hoat."

Zuerst schlugen sie mit ihren Stecken kräftig aufs Wasser, legten sich dann auf den Bauch und versuchten, nach den Tieren zu greifen.

„Ich hoab eenen!"

„Ja, mir hoan eenen gefanga! Der ies noch ganz lebendig!"

Fest an den langen Ohren haltend, hielt der Max den zappelnden Hasen in die Höhe und kam triumphierend zum nächststehenden Jäger.

„Jetze konnste ihn ei oller Ruhe ei die ewiga Jagdgründe schicka. Oaber triff mich nich in mein Orm."

„Aber Junge. Warum soll ich das Fleisch durchlöchern? Hau ihm ein paar kräftige Hiebe hinter die Löffel, dann beißt keiner beim Sonntagsbraten auf eine Schrotkugel."

Umständlich bemühte sich der Max, die Hinterläufe in den Griff zu bekommen, denn der Hase wehrte sich mit allen Kräften, die er noch besaß.

„He, du elender Krippel! Zerkroatz mir bluß nich meine Arme! Und spritz mich nich vull! Gleich kriegste een poaar hinger die Löffel. Dann gibste bestimmt Ruh."

Während sich der Max und der Anton abmühten, den Hasen zu erschlagen, erinnerte ich mich des zweiten Tiers, das ins Wasser gefallen war. Vielleicht konnte ich es retten?

„Ich muss amol kacken!", rief ich dem Jäger zu und rannte zum Wasserloch. „Tutt nich uff mich schießen! Hoab ihrsch gehiert? Ich muss kacken."

„Brauchst goar nich zu sucha nich. Der andere ies ersoffen. Mit hons gesahn!"[86], rief der Anton hinter mir her.

„Nee, nee", rief ich zurück. „Ich muss werklich kacken. Und glotzt nich asu, doas gehiert sich nich. Poaßt lieber uff, doas die Jäger nich uff mich schießen tun."

Am Wasserloch ließ ich meine Hose herunter, damit alle denken sollten, ich würde mich tatsächlich erleichtern wollen. Dicht an den Boden gepresst kroch ich aber nahe ans Wasser und lotete mit meinem Stecken die Tiefe aus.

„Blußig nich neiplumsen", schoss es mir durch den Kopf, denn die Grashalme am Ufer sahen nicht so aus,

---

[86] Wir haben es gesehen!

als würde ich mich an ihnen lange festhalten können. Im gleichen Moment entdeckte ich unter dem breiten Blatt einer Staude etwas Glänzendes mit zwei Löchern. Das musste die Nasenspitze des zweiten Häsleins sein. Aufgeregt kroch ich näher, beugte mich vor und suchte mit meiner Hand unter dem Wasser nach den Ohren des Tieres. Es war sehr schwer für mich, den leblosen Hasen ins Gras zu ziehen.

Lang ausgestreckt lag er da.

Kein Schütteln, kein Aufspringen; mein Rettungsversuch war wohl zu spät gekommen. Wie ich aber, wie zum Abschied, über sein nasses Fell streichelte, spürte ich sein klopfendes Herz. Fast wäre ich vor Freude aufgesprungen, hätte laut „Juchhei" geschrien oder „Ar lebt noch!" Doch ich besann mich rechtzeitig. Umständlich erhob ich mich und zog, für alle weithin sichtbar, meine Hose hoch.

„Sulln se doch meinen nackten Oarsch sahn, doas ies mer jetze egal. Hauptsache se denka, ich hätt werklich gekackt."

Dann kniete ich mich nochmals hin und versteckte den Hasen unter meinem Hemd. Das nasse Fell auf der Haut zu spüren, war nicht gerade angenehm, doch das kleine pochende Herz wog alles auf.

Ganz langsam ging ich wieder zum Kreis zurück und winkte mit meinem hocherhobenen Treiberstock, damit die Jäger mich deutlich sehen.

„Lange konns nimmer dauern, die bleede Jagd", flüsterte ich meinem Häslein zu. „Durt hinga guckt schun wieder der Hulzturm vum Feierwehrhäusla raus."

Und tatsächlich!

Zwei oder drei Schüsse hallten noch vom anderen Ende des Kessels herüber, dann war alles vorbei.

„Die Jagd ist aus! Die Jagd ist aus!", bliesen die Hörner und alle Treiber klatschten fröhlich in die Hände. Ihre Freude auf die Erbensuppe und die Knoblauchwurst war unverkennbar. Vorher aber wurde noch die Beute gezählt. Auf der extra kurz gemähten Wiese neben dem Feuerwehrdepot lagen in Reih' und Glied dreiundneunzig Hasen, fünfundzwanzig Rebhühner, zwölf Fasane und vier Füchse. Den Jägern wurde Stonsdorfer eingeschenkt.

Als habe mein Häslein das Jagdsignal verstanden, begann es sich zu bewegen. Zuerst nur mit den Vorderläufen, aber bald würde es richtig herumzappeln.

Würde ich es aus meinem Hemd hervorholen, wäre schnell einer zur Stelle und gäbe ihm einen heftigen Schlag ins Genick. Sollte mein gerettetes Häslein dann als Nummer vierundneunzig in der langen Reihe der toten Tiere liegen?

Da fiel mir – Gott sei es gedankt – eine neue, eigentlich aber recht alte, Ausrede ein.

„Ich muss noch amol kacken!"

Unter großem Gelächter der anderen Treiber rannte ich zurück ins Stoppelfeld. Erst als ich glaubte, weit genug entfernt zu sein, blieb ich stehen und ließ, für alle sichtbar, erneut meine Hose herunter.

Ein letztes Mal streichelte ich das nun schon trocknere Fell und flüsterte meinem Häslein in die langen Löffel:

„Loof, mei Häsla! Verstiehste mich? Loof asu schnell wie de nur konnst! Und merk dersch: iber eenem Wasserluch schlägt ma keene Haken nich; schun goarnich, wenn noch een anderer gleichzeitig drüber hopst! Hau ab jetze. Loof, loof!" Kaum spürte der Hase festen Boden unter seinen Füßen, rannte er davon.

Da erhob sich großes Geschrei.

„Guckt amol, durt leeft noch eener!"

„Ja, durte leeft eener!"

„Schießt halt!"

Wie wild fuchtelten die Jungen mit ihren Armen.

„Nach dem Abblasen der Jagd darf nicht mehr geschossen werden", sagte einer der Jäger. „Den schießen wir im nächsten Jahr, da ist er noch ertwas schwerer. Aber - einen kackenden Schutzengel habe ich noch nie gesehen."

Ja, so war es. Viele Hasen habe ich an jenem Tag in den Tod getrieben – aber einem habe ich das Leben gerettet! Darauf bin ich heute noch stolz. Den Spottnamen „Kackender Schutzengel" musste ich aber noch viele Jahre ertragen.

***

Nacherzählung eines Kapitels aus dem Roman „Der Lockruf des Kumm ocke"

***

Das Gespenst auf der Zeisburg.

„Am Sunntich loof mer uff die Zeisburg.[87] Durt gibt's een Gespenst."

Dieser Satz klingt in meinen Ohren noch heute nach. Alte Burgen und Schlösser haben mich von frühester Kindheit an interessiert. Selbst lange Wanderungen zu einem dieser alten Gemäuer, die einmal gewaltige Bauwerke waren, nahm ich gelassen hin. Geheimnisse zu ergründen war für mich das Aufregendste, was es nur geben konnte. Auch wenn die Angst beim Anblick der eisernen Rüstungen und der grausamen Waffen, wie Morgenstern oder einer Hellebarde, mein kindliches Herz wild schlagen ließen.

Es mag so in meinem sechsten Lebensjahr gewesen sein, da verkündete Onkel Karl, der mir meinen fehlenden Vater wunderbar ersetzte:

---

[87] Am Sonntag laufen wir zur Zeisburg

„Am Sunntich loof mer zur Zeisburg. Oaber mir missa zeitig ei der Frühe luusgiehn, sunst hoan mer keen Gliecke nich[88], weil mer doch doas Gespenst sahn wulln, woas ei der Burgruine wohnt."

Es war Ferienzeit. Die Augustsonne schien seit Tagen hell und warm von einem wolkenlosen Himmel. Über zwei Stunden würden wir laufen müssen, um die Zeisburg zu erreichen. Das schreckte mich keineswegs ab. Doch das mit dem Gespenst war mir nicht ganz geheuer.

„Es gibt goar keene Gespenster nich", hatte ich entgegnet, doch sein schelmisches Lächeln verunsicherte mich in meiner knospenhaften Weisheit.

„Mir sein eene ganze Horde, die mitgieht, doa brauchste keene Angst nich zu hoan. Doas Gespenst tutt dir nischts, mir possen schun uff, uff dich."

Wollte Onkel Karl mir, weil ich die kürzesten Beine besaß, nur den langen Weg schmackhaft machen? Oder gab es wirklich etwas, was meinen noch jungen Forschergeist interessieren würde? Onkel Karls Worte

---

[88] sonst haben wir kein Glück

‚Wenn mer Glieck han' hatten mich skeptisch gemacht, denn allzu leicht konnte man aus ihnen eine Ausrede basteln, würde sich das Gespenst nicht sehen lassen. Doch abschrecken ließ ich mich nicht, schließlich hatte ich schon verschiedene Entdeckungen gemacht und erkannt, dass nicht alles, was mir die Erwachsenen erzählten, der Wahrheit entsprach. So hatte ich längst herausgefunden: es gab weder einen Weihnachtsmann, noch den Osterhasen. Und auf dem Mond lebte auch kein Mann, der wegen Holzdiebstahl oder Faulheit dorthin verbannt wurde; die dunklen Flecken waren hohe Berge oder tiefe Krater – Gottfried, der im Nachbarhaus wohnte und schon ins Gymnasium ging, hatte mir das verraten. So wusste ich doch schon so einiges und war auch in meinem kindlichen Gemüt stolz darauf, bereits so schlau zu sein, um den Erwachsenen nicht mehr alles zu glauben, was sie mir so erzählten. Nun würde ich auch bald herausgefunden haben, ob es auf der Zeisburg wirklich ein Gespenst gab; denn solche geheimnisvollen Wesen zählte ich inzwischen auch zu den Sagengestalten wie Osterhase, Weihnachtsmann und Mann im Mond.

Das zu beweisen war mir der Weg nicht zu weit; zudem hatte mir meine Mutter versichert, an der Burgruine gäbe es eine Erfrischungsbude, die bei gutem Wetter Eis verkaufen würde.

So zogen wir also los.

Bevor uns die Sonne über den Horizont guckte, hatten wir schon den Russenwald crrcicht. Wir Kinder fürchteten uns vor ihm nicht nur wegen seines Namens, sondern auch, weil es in ihm besonders dunkel war und hier weder Pilze noch Waldbeeren wuchsen. In einem Krieg gegen Napoleon soll hier einmal ein Heer russischer Soldaten kampiert haben. Ob ich das von Onkel Karl oder von Gottfried wusste, fällt mir heute nicht mehr ein.

Die Männer nahmen im Schutz der Bäume erst einmal ihre Hüte ab und fächerten sich mit ihnen frische Luft zu. Unsere Nachbarin, die Hilda, hatte ihre Mandoline dabei, und erste Lieder wurden angestimmt. Was alles gesungen wurde, weiß ich heute nicht mehr. Wenn ich aber so in mich hineinhöre, glaube ich mich zu erinnern:

„Im Frühtau zu Berge wir zieh'n, fallera;
es grünen alle Wälder, alle Höh'n, fallera.
Wir wandern ohne Sorgen singend in den Morgen,
noch ehe im Tale die Hähne kräh'n."

oder auch:
„Auf, auf, du junger Wandersmann,
jetzo kommt die Zeit heran,
die Wanderzeit, die gibt uns Freud.
Woll'n uns auf die Fahrt begeben,
das ist unser schönstes Leben,
große Wasser, Berg und Tal,
anzuschauen überall."

Auch das Lied unseres schlesischen Dichters Joseph von Eichendorff „In einem kühlen Grunde …" durfte nie fehlen. Das wurde aber immer nur gesungen, wenn wir Rast machten. Zum Laufen war diese Melodie ungeeignet.

Viele Texte kannte ich auswendig, zum Mitsingen fehlte mir aber der Mut. Sobald ein falscher Ton zu hören war, schickte Hilda, die auf ihrer Mandoline die Saiten gekonnt zupfte, immer einen bösen Blick in die Richtung, aus der ein Misston erklang. So sang ich halt mit geschlossenem Mund und kam unbehelligt von Bösen Blicken davon. Während ich also stumm mitsummte, eilten meine Gedanken schon voraus und begannen bald einen Zweikampf. Vorrangig wollte ich natürlich an das Gespenst denken, doch der Gedanke an ein kühles Eis schob sich immer wieder in den Vordergrund. Ob ich nur eine Kugel bekommen würde? Oder zwei?

Wenn zwischen zwei Liedern etwas Pause war, wurde ich immer wieder gelobt.

„Nu, Kleener, du bist oaber een tapferer Kerle."

„Ar leeft den langa Weg mit, ohne zu kloagen."

„Doa koann dich der Onkel Karle baale amol mitnehma bis nuff uff die Schniekuppe."

Nicht ohne Stolz hörte ich zu, dachte mir aber im Stillen: Wenn jeder, der mir solch ein Lob ausspricht, später eine Kugel Eis spendiert, wäre das nicht schlecht. Aber dann ärgerte ich mich über mich selbst. Solche dummen Gedanken wollte ich eigentlich nicht denken. Besser war es zu überlegen, wie ich mich gegen ein Gespenst wehren könnte, käme es wirklich auf mich zu.

So ging es weiter dahin, und nachdem sie das Lied „Jetzt kommen die lustigen Tage, Schätzel ade, ade…" zu Ende gesungen hatten, erreichten wir endlich die Zeisburg. Mein kleines Herz begann kräftig zu schlagen, und einen kurzen Moment war ich versucht, nach der Hand meiner Mutter zu greifen. ‚Nur das nicht!', schoss es mir sofort durch den Kopf; trotzdem blieb ich in ihrer Nähe.

Anstatt aber durch die noch gut erhaltenen Mauern des einstigen Burgtores in den Innenhof zu gehen, suchten die Erwachsenen erst nach einem Platz, der geeignet wäre für ein schönes Erinnerungsfoto. Während sie so herumsuchten, mal auf die Stelle, dann auf eine andere deuteten, wäre ich am liebsten allein in den Burghof geschlichen – wurde aber im gleichen Moment gerufen, ich solle mich vor der Gruppe auf den Boden legen, sie wollten nun das Foto machen.

„Ich bin doch nich miede,[89] doass ich mich hieliega muss!", protestierte ich und stellte mich protzig an die Seite meiner Mutter. Keinesfalls sollten spätere Betrachter des Bildes denken, mir sei der lange Fußmarsch zu anstrengend gewesen.

Das Fotografieren war zur damaligen Zeit noch eine langwierige Angelegenheit. Onkel Karl baute zuerst das Holzstativ auf, was gar nicht so leicht war, denn der Waldboden war recht uneben, deshalb musste jedes der drei Stativbeine eine andere Länge bekommen. Danach wurde die Kamera darauf festgeschraubt und ein großes schwarzes Tuch darüber gehängt. Onkel Karls Kopf verschwand unter ihm, gleichzeitig winkten seine weit ausgestreckten Arme, die Gruppe solle näher zusammenrücken. Als das nach vielem Schupsen und Gelächter geschehen war, holte Onkel Karl aus seinem Rucksack eine Platte hervor und steckte sie, verdeckt unter dem schwarzen Tuch, hinten in die Kamera.

---

[89] müde

„Hiert uff zu schäkern!", begann mein Onkel zu schimpfen. „Wenn eener rum oalbert, ies doas ganze Bild verwackelt."

Ich blieb ganz steif stehen, was nicht leicht war, denn unablässig erzählte einer der Männer einen Witz, dessen Sinn ich zwar nicht verstand, das verdrängte Lachen der Erwachsenen war aber irgendwie ansteckend.

„Stille jetzt!", rief Onkel Karl noch einmal und hob seinen Arm. „Hierher gucken!"

Kaum hatte er das gesagt, drückte er auf einen der Knöpfe an dem Fotoapparat, kam danach mit schnellen Schritten zur uns herüber und stellte sich neben seine Frau, meine Tante Ella. Die Kamera begann laut zu schnurren, und wenn man genau hinsah, konnte man erkennen, wie ein kleiner Hebel sich von unten nach oben bewegte. Als er oben ankam, hörte das Schnurren auf, dafür öffnete sich vorn die runde Linse wie ein großes Auge, blieb eine Weile offen und schloss sich dann wieder. Mit lautem Gelächter löste sich die Anspannung wieder auf.

Meine Hoffnung, nun gehe es endlich hinein in die Burg, erfüllte sich immer noch nicht. Onkel Karl rief mich zu sich und zeigte mir, wie er die belichtete Fotoplatte vorsichtig aus dem Apparat zog und in eine dunkle Kassette steckte.

„Siehste, hier drinne stecken mer jetzt alle miteinander. Wenn de willst, konnste derheeme ei meiner kleenen Dunkelkammer zugucken, wie ich Bilder draus mach."

Natürlich wollte ich das, machte aber schnell einen anderen Vorschlag.

„Konnste nich ooch doas Gespenst fotografieren?"

Während Onkel Karl den Fotoapparat seelenruhig im Rucksack verwahrte und das Stativ einklappte, erklärte er mir mit langwierigen Worten, Gespenster ließen sich nicht fotografieren, weil sie keinen festen Körper hätten, was ich aber sofort wieder als Ausrede empfand, die mich in der Überzeugung bestärkte, es gäbe gar keine Gespenster.

Meine Überlegungen wurden aber unterbrochen. Aus dem Burghof kam ein Mann, der lauthals begrüßt wurde.

„Nu guck amol, der Emil. Hoaste ei der Burg iebernachtet?", wurde er von einem aus unserer Wandergruppe gefragt, und ein anderer lästerte: „Oder hoat dich deine Aale nausgeschmissen, doas de dohier schloofen musst?"

„Vielleicht hoat ar een Techtelmechtel gehoat, der Schlawiner?"

„Aales Lästermaul", gab der Angesprochene zurück. „Weil heute Sunntig ies, hoab ich mir geducht, doa kumma bestimmt een poaar Ausflügler vorbei. Doa ies es wohl gutt, wenn ich die Tieren uffmachen tuu.[90] Een bisserle durchlüften koann nich schaden nich."

Weil ich den Sinn des ganzen Geredes nicht verstand, beugte sich meine Mutter zu mir herab und erklärte mir, dieser Mann wohne im nahen Dorf Zeisberg und kümmere sich um die Burgruine, damit sie nicht noch mehr kaputtgeht oder lockere Steine die Besucher gefährden.

Als ich das begriffen hatte, wollte ich zwei Fragen stellen, wusste aber nicht, welche zuerst.

---

[90] die Türen aufmache

‚Ist das der Mann, der das Eis verkauft?'

Diese Frage war für mich genauso wichtig wie:

‚Hat der das Gespenst schon gesehen?'

Bevor ich aber entscheiden konnte, welche Frage wichtiger sei, war der Mann unter lautem Gelächter schon verschwunden. Da stellte ich mit meiner damals noch recht piepsigen Stimme eine andere Frage:

„Giehn mer nu endlich nei?"

„Willste vunneweg giehn?", fragte Onkel Karl zurück und brachte mich damit in arge Verlegenheit. Bevor ich jedoch antworten konnte, liefen schon einige durchs Burgtor und bewahrten mich vor einer Mutprobe. Doch kaum hatte ich kräftig durchgeatmet, begann mein Herz erneut heftig zu schlagen.

„Doas Gespenst ies doo!", rief einer und ein anderer mahnte:

„Nu schrei ock nich asu laut, sunst ies es glei wieder furt."

Im gleichen Moment griff Onkel Karl nach meiner Hand und zog mich nach vorn. Hatte ich immer geglaubt, es gäbe keine Gespenster, nun sollte ich also eines sehen.

Weder Angst noch Übermut wollte ich in mir aufsteigen lassen und ging deshalb brav mit, nicht zögerlich, aber auch nicht zu schnell. Alle anderen aus unserer Wandergruppe waren gleich nach dem Burgeingang stehengeblieben und blickten in die Ecke des Burghofs, die noch im tiefen Schatten lag. Und tatsächlich: vor einer geöffneten Kellertür waberte etwas Weißes. Es bewegte sich, nicht schnell, eher sehr bedächtig. Mal sah es aus, als wolle es wieder verschwinden, im nächsten Moment blähte es sich groß auf, wurde kräftiger, bewegte sich, als tanzte es auf einer Stelle, um gleich wieder befürchten zu lassen, es ziehe sich wieder in den Keller zurück. Ich war fasziniert. Es gab sie also wirklich – Gespenster.

„Nu, siehstes, doas Gespenst? Gieh amol hin, gib ihm die Hand und froag heeflich[91], ob's ihm recht ies, wenn mer amol een bisserle durch die Burg loofen."

Was sollte ich nur machen? Einem Gespenst die Hand geben? Hat es denn überhaupt eine Hand? Ich konnte weder Hände noch Beine erkennen, obwohl manchmal

---

[91] frage höflich

etwas Längliches zu sehen war, das mal dicker wurde oder wieder ganz schlank. Wenn es aber, wenn ich bei ihm bin, wirklich eine Hand hat und diese mich nicht mehr loslässt, gar mit in den Keller hinabzieht … aus all diesem Gedankenwirrwarr erlöste mich meine Cousine Lisa, die viel älter war als ich.

„Ich trau mich!", rief sie und rannte, von einem Bein auf das andere hüpfend, direkt auf das Gespenst zu. Erstaunt, auch ein bisschen neidisch auf ihren Mut, blickte ich ihr nach, sah, wie sie direkt zur Kellertür lief, ihre Arme weit ausbreitete und dort, wo bisher das Gespenst zu sehen gewesen war, sich im Kreis drehte und wie wild mit ihren Armen herumfuchtelte.

„Nu Kleener, hoastes gesaahn? Doas Mädel ies mutiger als du", pflaumte mich einer an und lachte mich aus. Bevor ich aber etwa sagen konnte, (ich hätte auch gar nicht gewusst, was ich hätte erwidern können), liefen alle hinüber zu Lisa und beglückwünschten sie für ihren Mut. Im gleichen Moment spürte ich die Hand meiner Mutter, die mich zu sich zog.

„Doas ies goar keen Mut, den die Lisa hoat. Die woar schun paarmoal hier uff der Zeisburg und kennt doas oalles schun. Es gibt doch goar keene Gespenst nich. Weeßte, doas ies su: Durt bei der Kellertreppe, do ies es noch recht frisch, weil noch keene Sunne hie scheint. Der Moann, der vorhin hier woar, der hoat die Kellertiere[92] uffgemacht zum Lüften. Und nu steigt die warme Luft aussem Keller raus, und wenn se draußen uff die kaale Luft trifft, do bildet sich suwoas wie eene kleene weiße Wolke, und doas guckt asu aus wie een Gespenst, weils sich ja ooch su een bisserle hie und her bewegen tutt. Gespenster tutts doch goar nich geben nich. Doas weeßte doch schun."

„Nu kloar, weeß ich doas", entgegnete ich verlegen. Um meine Scham schnell zu verwischen, fügte ich aber gleich an: „Und wo gibt's doas Eis?"

So war sie, meine Begegnung mit einem Gespenst. Und ein Eis gab es auch, das weiß ich noch ganz genau.

---

[92] Kellertür

Und noch etwas weiß ich bis heute: Der Ärger über meine Cousine Lisa ist nicht so schnell verflogen, wie damals der weiße Nebel im Hof der Zeisburg.

***

Der alte Schmied.

Die Geschichte vom alten Schmied hat mich schon als Kind fasziniert. Wer sie geschrieben hat, weiß ich nicht; ich möchte sie hier mit meinen Worten aufschreiben, damit sie nicht verloren geht.

Irgendwo im Niederschlesischen lebte einmal ein Schmied, dem das Leben die Haare längst weiß gefärbt, die Arbeit den Rücken gekrümmt hatte. Nun lag er auf dem Sterbebett. Sein langes Leben hatte er schwer und hart gearbeitet. In wunderbarer Weise hatte er verstanden, das Eisen zu schmieden. Von weit her waren die Bauern mit ihren Pferden gekommen, weil kein anderer es so gut verstand, Hufeisen passgenau aufzubrennen.

Aber auch alles andere, was des glühenden Feuers bedurfte, wurde von ihm in die richtige Form gebracht. Manchmal war es nur ein leichtes Hämmern, was aus der Werkstatt auf die Straße drang. Da wurde dann gerätselt:

„Ich gloob, heite mecht ar wull bluß eenen kleenen Schlüssel macha."[93]

„Oder eenen Haken, uff den ma seine Joppen hänga koan."

Es gab aber auch Tage, an denen die Schläge auf den Ambos so hart waren, dass ihr Widerhall weithin zu hören war.

„Nu hiert[94] na, wie ar heit wieder druff haut. Ma kinnt meena[95], ar mecht goar seinen Ambos kaputt haun."

Ja, so war das Leben des alten Schmieds verlaufen.

Schon als Kind hatte ihm sein Vater Hammer und Zange in die Hand gedrückt und ihn gelehrt, was in diesem Handwerk vonnöten ist. Aus dem Kind war ein großer, kräftiger Mann geworden, der trotz seiner harten Arbeit immer freundlich und hilfsbereit geblieben war.

---

[93] Ich glaube, heute möchte er nur einen kleinen Schlüssel machen

[94] hört

[95] Man könnte meinen

Nun, da sein Erdenleben sich dem Ende näherte, wurde der Pastor gerufen. Der Segen des Gottesmanns sollte ihm Trost und Kraft geben auf seinem letzten irdischen Weg.

„Nu, Wilhelm", sagte der Pastor ganz jovial, denn die beiden verstanden sich gut, „nu ies es also asu weit. Dei Laba woar hoart und schwar.[96] Wenn de jetze ei a Himmel nuff kummst, do hoaste endlich Ruh. Deine ewige Ruh."

Als der alte Schmied das hörte, öffnete er nochmals seine Augen, drehte seinen Kopf hin zum Pastor und gab ihm zur Antwort:

„Nu ja, nu nee. Ich gloob eher, wenn ich ei a Himmel nuff kumm, werd der liebe Herrgott zu mir soagn: Kumm ock, Wilhelm, du kummst mer grad recht. Du bist stork, du konnst dunnern!"[97]

Wer von Ihnen, liebe Leserin und Leser, diese Geschichte schon kannte, und das werden nicht allzu

---

[96] Dein Leben war hart und schwer
[97] Du bist stark, du kannst donnern.

wenige sein, wird wahrscheinlich wie ich, wenn es vom wolkenverhangenen Himmel herab donnert, an den alten Schmied aus dem Niederschlesischen denken. Auch wenn kaum einer noch den schlesischen Dialekt sprechen kann, werden sie für immer im Gedächtnis bleiben, die letzten Worte des alten Schmieds:

„Du bist stork – du kannst dunnern!"

***

So zogen sie hinaus.

Es geschah in einer bitterkalten Februarnacht des Jahres 1945.

In den letzten Tagen hatte es heftig geschneit. Das kleine niederschlesische Dorf lag wie im tiefsten Frieden am Fuße des gewaltigen Zobten. Dumpfer Kanonendonner, vom Ostwind hergetragen, mahnte die Bewohner seit Tagen vor einer immer näher rückenden Gefahr.

Immer wieder fuhren Trecks durchs Dorf, lange Kolonnen. Pferdewagen hinter Pferdewagen. Familien, die ihre Bauernhöfe verlassen hatten, die dem nahenden Krieg zu entfliehen versuchten. Männer, die zu alt waren für den Kriegsdienst, führten die Zügel. Oft auch die Bäuerin oder ein halbwüchsiges Kind.

„Wu kummt ihr denn haar?"[98]

„Wu wullt ihr denn hie?"

---

[98] Wo kommt ihr denn her?

Die ersten Bauern, die mit ihren schwerbeladenen Wagen durchs Dorf gezogen waren, sagten, sie kämen aus der Namslauer Gegend.

„Bevor se die Oderbrücken sprengen tun, sein mer noch schnell rüber."

Ja, die Oder – im schlesischen Dialekt die „aale Uuder" genannt – würde die Russen aufhalten. „Die aale Uuder werd den Krieg stoppen. Über die kumma se nich rieber."

Doch diese Hoffnung zerstob bald, denn die letzten Trecks kamen bereits aus dem Umkreis von Ohlau, also von diesseits der Oder.

„Mir wull'n ieber Freiburg uff Hirschberg zu, eis Riesengebirge nei", sagten die einen, und andere fügten hinzu:

„Eim Schutze der Berge wern se ins nischte nischt tun."

„Der Rübezahl wird se schun pudern", versuchte einer noch zu scherzen, bevor er wieder die Pferde antrieb.

So kam der Krieg immer näher und verschonte auch sie nicht. Die „aale Uuder" hatte nicht gehalten, was man sich von ihr erhofft hatte.

Nun war es an ihnen, ihre Höfe, ererbt über viele Generationen, zu verlassen.

Alle Ställe standen offen, weit geöffnet auch die Scheunen, vollgefüllt mit Futter für das zurückbleibende Vieh.

„Munne früh missa doch die Küh gemolken wern, wer sull doas denn macha?"

„Der aale Pluntke will derheeme bleim, hoat ar gesoagt; do werd ar sich schun een bisserle ums Vieh kümmern, denk ich."

Ein Tag, der seinesgleichen nicht kannte, neigte sich seinem Ende zu.

In allen Höfen standen die großen hölzernen Wagen, mit denen sie Jahr für Jahr gute Ernten eingefahren hatten, nun beladen mit allem, was für eine Fahrt ins Ungewisse notwendig erschien. Dick in Pelze gehüllte Gestalten eilten her und hin. Kinderstimmen hingen in der Luft. Rufe ohne Echo. Die Pferde rüttelten am Geschirr.

Der erste Wagen, der seinen Hof verließ, fuhr zum Platz vor der Kirche. Mit „Hüh!" und „Hoh!" folgten die anderen, stellten sich im Kreis, als müssten sie eine Wagenburg bauen.

„Hoastes gehiert[99], Muttel? Asu schlimm werds schun nich wern. Sie soan, ei zwee Wuchen sein mer wieder derheeme."[100]

Mit diesem Gelaber versuchte der alte Kunze-Bauer das Schluchzen seiner Frau zu übertönen, es zum Verstummen zu bringen.

„Zwee Wuchen, vielleicht ooch dreie, hoanse gesoat.[101] Hoastes nich gehiert?"

Laut ausgesprochen machten die Worte die Runde. Liefen von Wagen zu Wagen. Eilten von Mund zu Mund. Gaben Mut. Vielleicht auch ein wenig Zuversicht.

---

[99] Hast du es gehört
[100] Sie sagen, in zwei Wochen sind wir wieder daheim
[101] haben sie gesagt

„Ihr werd's schun sahn. Zwee Wuchen, vielleichte ooch dreie. Mehr nicht, dann sein mer wieder derrheeme."

„Mir missa ja ooch die neue Saat eibringa, gegen Ende vum März."

„Recht hoaste! Mir hoan doch immer gesunga: Im Märzen der Bauer die Rösslein einspannt …"

Plötzlich verstummten die Gespräche.

Männer, Frauen und Kinder, soeben noch im eifrigen Gerede, wurden still. Über ihren Köpfen begann es zu schwingen. Glockengeläut, ihre Glocken. Erst kamen einzelne Töne. Verirrte. Nach Beistand gierende. Keinen Takt findende. Dann folgte die zweite Glocke. Sie fanden zueinander. Ihre Schläge wurden schneller. Regelmäßiger. Harmonie suchend.

Waren das wirklich ihre Glocken? Hatten sie je so schön geklungen? So klar? Oder hatten sie, in all den vielen Jahren, ihren Glocken noch nie richtig zugehört? Hatten noch nie verstanden, was ihre Glocken erzählten?

Jetzt verstanden sie ihre Sprache. Jetzt, in ihrer Not.

Die Männer zogen, trotz der eisigen Kälte, ihre Pelzmützen von den Köpfen, blickten hinauf zum Turm, weiter zum Himmel, zu den kristallklaren Sternen. Bis sich ihr Blick verlor ... in der Unendlichkeit. Wie ihre Gedanken.

Zögernd schritten sie die Stufen zur Kirche empor. Steif, zögernd. Nichts schien die Starre lösen zu können, die über den Menschen lag. Plötzlich erschreckte sie lauter Kanonendonner.

„Oh mein Gott!"

„Die sein schun ganz nahe."

„Kummt ock, giehn mer schnell nei, eis Gotteshaus."

Ganz vorn am Altar drängten sie sich zusammen.

Keinem blieb mehr die Zeit, den Stammplatz in der jeweiligen Kirchenbank einzunehmen. Sie trugen auch nicht ihren Sonntagsstaat, wie sonst beim Gang in die Kirche. In Tücher und dicke Mäntel waren sie eingehüllt, und hinter den dicken Pelzen hockten Angst, Leid, Not.

Dann bahnte sich der Pastor seinen Weg.

Nicht im Pastorenkleid, sondern wie sie, dick eingehüllt. Alle waren einander gleich, gleicher als je zuvor.

Der Pastor hob seine Arme über die Köpfe.

„Vater im Himmel, unser Gott.

Wir steh'n hier vor deinem Angesicht. O Herr, sieh' uns. Höre uns. Wir haben gesündigt, gesündigt gegen dich. Wir wissen, o Herr, dass du uns nicht strafst, sondern prüfst, ob wir Deiner würdig sind. Unser Herr Jesu Christ, der unschuldig war, der nur Gutes getan, auch ihn hast du geprüft.

Wir bitten dich, Gott-Vater, gib auch uns die Kraft, deine Prüfung zu bestehen, wie Christus sie einst bestanden hat. Herr, mach' uns stark. Lass uns nie an deiner Liebe zweifeln. Lass uns keine neuen Sünden begehen."

Weißer Atem wehte wie Weihefahnen über den geneigten Köpfen.

„Vater im Himmel.

Du schickst uns nun aus unserem friedlichen Dorf hinaus in die eiskalte, dunkle Nacht. In eine mit Hass erfüllte Welt. Hinaus in den Sturm des Lebens. Hinaus vor das Tor des Teufels. Nun wird es an uns liegen, an uns schwachen Menschen, ob wir im Vertrauen auf deine Liebe, auf deine Güte und deine Barmherzigkeit, den Weg durch Eis und Schnee, über Dornen und Steine hinweg, zu Dir weitergehen. Oder ob wir uns dem Bösen, dem Fluch, der über uns liegt, zuwenden.

Oh, mein Gott.

Mach' uns stark. Gib uns Kraft, dass wir auf dem rechten Wege bleiben. Gedenke der unschuldigen Kinder. Sie, unser kostbarstes Gut, beschütze vor allem. Zu lange haben wir uns für unschuldig gehalten, unwissend unserer Schuld. Die Kinder aber sind unschuldig.

Lass uns, o Herr, deine Prüfung bestehen, damit wir einst guten Gewissens vor dein Angesicht treten können. Zum letzten Mal haben wir uns hier in deinem, unserem heimatlichen Gotteshaus versammelt. Wie wollen wir dir danken, wenn wir einst, ohne Makel beladen, wieder hier vor dich hintreten können.

Bevor wir nun hinaus gehen auf den Weg, der uns bestimmt worden ist, wollen wir gemeinsam zu Dir beten. Herr, erhöre uns."

Die Männer und Frauen, die Greise und Kinder beteten zu Gott. Beteten, wie sie noch nie in ihrem Leben gebetet hatten.

„Vater unser ..."

Nicht ihre Worte, die nur ein Murmeln waren, eilten zu Gott, es waren ihre Herzen.

„... dein Wille geschehe! ..."

Es klang, als würde allen die Stimme versagen. War es sein Wille, der sie hinaustrieb in die Fremde, in die Furcht, in die Not? Sollte er geschehen? Dafür sollten sie beten?

„... und vergib uns unsre Schuld ..."

Das Stimmengewirr stieg an. Ja, das ließ sich leichter beten. Bitten um Vergebung

„... und führe uns nicht in Versuchung, sondern erlöse uns von allem Übel. Denn Dein ist das Reich, und die Kraft, und die Herrlichkeit, in Ewigkeit. Amen."

Die Arme des Pastors schlugen das Kreuz über ihren Köpfen. „Der Herr segne euch und behüte euch. Der Herr lasse sein Angesicht leuchten über euch und gebe euch Frieden. Amen."

Dann sanken die Arme kraftlos herab.

Während alle noch in stillem Gebet verharrten, begann die Orgel leise zu singen. Betete mit ihnen. Betete für sie. Der alte Pluntke-Bauer, der sich entschlossen hatte, hier zu bleiben, saß auf der Orgelbank. Mit geschlossenen Augen schlug er die Tasten. Einen letzten Gruß wollte er allen mitgeben. In die Fremde. Was er ihnen gab, war neuer Schmerz. Neue Tränen.

Befiehl du deine Wege ...

Nur zögernd wendeten sich die Männer und Frauen um, verließen zögernd die Kirche. Gingen zu ihren Wagen. Die Pferde standen unruhig.

Die Töne der Orgel, vereint mit dem Klang der Glocken, begleitete sie.

Doch schnell mischte sich wieder ein anderes Geräusch ein. Eines, das nicht hineinpassen wollte in diesen Dreiklang.

Das Dröhnen und Donnern der Geschütze war lauter als je zuvor. Die Front rückte näher. Als plötzlich neue dumpfen Schläge ertönten, drängten alle zu den Wagen. Wollten wegfahren. Weit weg.

Bittere Tränen, Elend und Schmerz überschwemmten den Platz vor der Kirche. Über ihm aber funkelten abertausend Sterne.

Der Wolf-Bauer, dessen rechter Arm irgendwo in Russland lag, fuhr als Treckführer an die Spitze. Vom Kutschbock seines Wagens rief er laut in den Klang der Glocken, in das Spiel der Orgel und in das Getöse des heraneilenden Kriegs:

„Im Gottes Namen ... Los!"

Die ersten Wagen setzten sich in Bewegung. Der Schnee knirschte unter den großen Rädern, die sich zu drehen begannen, hinein in die Ungewissheit. In die Fremde.

Aus der offenen Kirchentür wehten die letzten Töne der Orgel:

Befiehl du deine Wege ...

Die Orgel sang. Die Glocke klang. Geschütze dröhnten. Die Menschen weinten.

So zogen sie hinaus.

Nacherzählung eines Kapitels aus dem Roman
„Der Lockruf des Kumm ocke".

***

Heimkehr.

In der letzten Nacht war ich daheim,
in meiner Kindheit,
im Traum.

Hoch über dem Zobten
stand noch immer
ein gelber Mond
voll wirrer Schatten.

Ein alter Mann,
gebuckelt, ein Bündel Holz
zur Strafe für böses Tun
verbannt auf den Mond.

Mutters Worte,
ins Kinderherz gepflanzt,
bleiben lebendig
für alle Zeiten.

Immer,
wenn der Vollmond die Nacht dominiert,
bin ich Kind
und will es sein.

Wie der Mann im Mond
nahe den Sternen;
dem großen Bären und dem kleinen,
Skorpion, Kassiopeia.

Bin ich im Mond oder
er in mir -
war er doch Zeuge
meiner Geburt

Traumgesichte,
so fern, so unerreichbar,
wie der Zobten
im schlesischen Land.

Wann sterben Träume?

***

Reihe Erzählungen aus Schlesien:

Zwirlezwack	ISBN 978-3-734758-41-6
Mechthild	ISBN 978-3-738622-66-9
Märchen 1	ISBN 978-3-738654-51-6
Märchen 2	ISBN 978-3-739234-31-1
Sommersingen	ISBN 9783741294297

Reisetagebuch:

Mein schlesisches Tagebuch
ISBN 978-3-8334-6230-6

Trilogie: Der Lockruf des „Kumm ocke":

Brennender Himmel	ISBN 978-3-8370-2539-2
Der Schattenprinz	ISBN 978-3-8370-2540-8
Maria Marischka	ISBN 978-3-8370-2541-5

Romane:

Die Stellvertreterin - ISBN 978-3-8370-0327-7

Die Ehrenwortgeschichte - ISBN 3-937008-83-7

Der Perlentaucher - ISBN 3-937008-51-9

Gedichte:

Ich möchte Dir in Deine Hände schreiben

Restexemplare von allen Büchern beim Autor
unter: hm.milde@hamami.de